历史的倒影

中国古代典籍的26个谜题

黄西蒙 著

中国工人出版社

图书在版编目（CIP）数据

历史的倒影：中国古代典籍的26个谜题 / 黄西蒙著. —
北京：中国工人出版社，2023.11
ISBN 978-7-5008-8334-0

Ⅰ. ①历… Ⅱ. ①黄… Ⅲ. ①随笔—作品集—中国—当代 Ⅳ. ①I267.1

中国国家版本馆CIP数据核字（2023）第240597号

历史的倒影：中国古代典籍的26个谜题

出 版 人	董 宽
责任编辑	陈培城
责任校对	张 彦
责任印制	黄 丽
出版发行	中国工人出版社
地 址	北京市东城区鼓楼外大街45号 邮编：100120
网 址	http://www.wp-china.com
电 话	（010）62005043（总编室） （010）62005039（印制管理中心） （010）62379038（社科文艺分社）
发行热线	（010）82029051 62383056
经 销	各地书店
印 刷	北京市密东印刷有限公司
开 本	710毫米 × 1000毫米 1/16
印 张	13.5
字 数	176千字
版 次	2024年1月第1版 2024年1月第1次印刷
定 价	58.00元

自序

书之岁华曰可读

在历史的长河中，古往今来的文人墨客，到底写过多少本书，恐怕是个永远的谜。因为，即便我们穷尽探索之术，也只能尽可能地发现、保存那些有幸流传后世的作品，更多的书籍与文字，或被深埋地下，难有重见天日的机会；或早已失传，连名字都没能留下来。

在古代，每隔数百年，都会出现一次规模浩大的灾厄，导致大量书籍遗失、损坏，越古老的典籍，越难传世。这其中既有自然消亡的因素，也有政治干预的原因——中国古代一些帝王打着“修书”旗号的活动，实际上毁灭了大量不被朝廷接纳的书籍，其中的精妙文章与独特思考，也只能随之而消失。读史每每至此，都不禁扼腕叹息，于是乎今天的我们只能从有限的史料里，捕捉那些典籍的吉光片羽，并试图解开覆满尘埃的历史谜团。

《左传·昭公十二年》有言：“是良史也，子善视之，是能读《三坟》《五典》《八索》《九丘》。”这四部来自上古的神秘典籍，让无数先秦文人魂牵梦萦，却罕有人读之。春秋战国之后，它们也变成了先秦失

传典籍的代名词，是后世想象上古圣贤世界的精神符号。以致连司马迁撰写《史记》时，想搞清楚东周之前的历史，也非常困难，只好四处寻访，遍寻史料，最终幸运地发现上古三代的帝王世系。后世的考古发现，验证了司马迁记录的精确性，就连一度不被认为是信史的殷商历史，也随着殷墟甲骨文的大量出土，渐渐有了清晰的脉络。

中国古代典籍的魅力正在于此，它既是对中国古代历史文化的记录，又为后世提供了研究与考察的资料。本书就聚焦于一些古代典籍的话题，或神秘，或有趣，或辛辣，既有学理性的分析，也有感悟式的思考。喜欢统观正史的读者朋友，可以从中看到中国古人修撰史书时的沉潜思考与微言大义，而喜欢探索历史细节的人，或许也能在浩如烟海的典籍中，发现隐藏在表层言语之下的丰富内涵。

唐代诗人司空图在《二十四诗品》中有言："落花无言，人淡如菊。书之岁华，其曰可读。"典雅之意境，不仅来自诗词歌赋的韵味，往往也与读书人的心境有关。透过本书，若能品尝岁月之茗香，感悟历史之深沉，获取某种精神上的慰藉，或许也是颇有兴味之事。

是为序。

目录

第一辑
修撰典籍的传奇故事

第二辑
经典史籍里的“历史现场”

第三辑
在典籍细节中探索奥秘

第一辑

修撰典籍的传奇故事

失踪的上古秘卷:《汉书·艺文志》探幽

在今天，如果想知道中国古代的博学之人读过什么书，以及他们能读到什么书，最好的办法就是去看历朝历代的“艺文志”。所谓的“艺文志”，就是对各类知识和书籍的汇总与分类。这种对知识的分类之法，在西汉末年刘歆的《七略》里就出现了，但最经典的分类，还当属东汉史学家班固编撰的《汉书·艺文志》。

《汉书·艺文志》记录的书籍大多已亡佚

班固在《汉书》的志中专门写了一篇“艺文志”，后来的史书大多有“艺文志”——也有一些史书，比如《隋书》《旧唐书》，将其定名为《经籍志》，但跟“艺文志”涉及的内容差不多，都是对学科进行分类，并记载了大量图书的名字。光研究这些书名，就是一门学问，中国古代的目录学也由此产生。到了后来，知识与书籍又被分为经、史、子、集四个大类，书的数量越来越多——浩如烟海的知识，也容易让人迷失其中。相比之下，先秦两汉的书籍数量并不多，《汉书·艺文志》作为中国现存最早的目录学文献，总共记录图书三十八种，五百九十六家，一万三千二百六十九卷。

早在司马光的《资治通鉴》中，对《汉书·艺文志》中的基本数据就有了明确统计，而后世的研究，则围绕班固编撰的图书目录与之前刘歆《七略》的不同来比较，并通过《汉书·艺文志》来了解先秦两汉的学术源流。对于如何解读《汉书·艺文志》，其实早已有学术史上的经典读法，但从探究图书亡佚的角度来看，也是颇有兴味的。

中国古代社会战乱频繁，书籍保存条件较差，历经千百年风雨的书籍，能流传后世者，不到十之一二。这些失踪的上古秘卷，虽然未必都有很高的价值，但如此多亡佚的古籍，其中必然有精华之作。而对汉朝人来说，秦始皇焚书坑儒，将大量先秦书籍付之一炬，毁掉了除了秦国历史之外几乎所有国家的史书和哲学著作，这也导致记载上古三代历史的书籍，能留下来的寥寥无几。后世只能通过类似《汉书·艺文志》这样的图书目录，来一窥上古文明的吉光片羽。

《汉书·艺文志》开篇写道：

昔仲尼没而微言绝，七十子丧而大义乖。故《春秋》分为五，《诗》

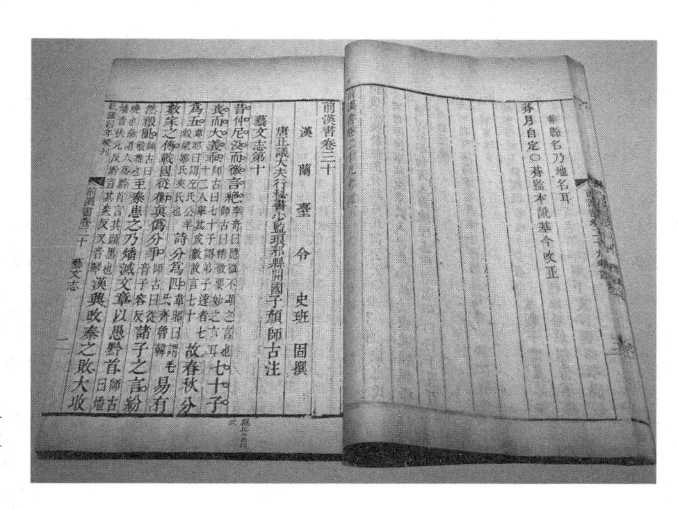

清刻本《汉书·艺文志》，收藏于中国国家版本馆

分为四，《易》有数家之传。战国从衡，真伪分争，诸子之言纷然殽乱。至秦患之，乃燔灭文章，以愚黔首。汉兴，改秦之败，大收篇籍，广开献书之路。迄孝武世，书缺简脱，礼坏乐崩，圣上喟然而称曰："朕甚闵焉！"于是建藏书之策，置写书之官，下及诸子传说，皆充秘府。至成帝时，以书颇散亡，使谒者陈农求遗书于天下。诏光禄大夫刘向校经传诸子诗赋，步兵校尉任宏校兵书，太史令尹咸校数术，侍医李柱国校方技。每一书已，向辄条其篇目，撮其指意，录而奏之。会向卒，哀帝复使向子侍中奉车都尉歆卒父业。歆于是总群书而奏其《七略》，故有《辑略》，有《六艺略》，有《诸子略》，有《诗赋略》，有《兵书略》，有《术数略》，有《方技略》。今删其要，以备篇籍。

显而易见，这段话算是《汉书·艺文志》的序言，简单记叙了各家学问的流变过程。比如，孔子死后，他的微言大义就被各家学者解读，出现了不同版本的孔子思想。比如，《春秋》有五种作品，班固在此处没说是哪五种（后文有解释），但今天我们知道，有《春秋左氏传》《春秋公羊传》《春秋穀梁传》三种，另外还有《春秋邹氏传》和《春秋夹氏传》——这两种在汉朝的时候就已经亡佚。班固还说，解读《诗经》和《易经》的著作也有很多，战国时期各家学说纷争不休，秦始皇统一中国后，禁绝思想争鸣，直到汉朝建立后，才恢复了学问的讨论氛围。到了汉武帝时期，设置专门管理图书的机构，将各派思想家的著作都收藏在秘府里。后来刘歆编撰《七略》，将书籍分门别类，初步整理。

班固回顾这个过程，是为了更好地修撰《汉书·艺文志》。在他的分类中，图书被分为《六艺略》《诸子略》《诗赋略》《兵书略》《术数略》和《方技略》六个大类，共有一万三千多卷（篇），若以书目来论，也有将近六百部书，这些书构成了先秦两汉时期学者们的知识结构，是

上古时期的文明荟萃。

亡佚的图书与消失的学问

在班固之前，尤其是上古三代时期的著作，能够流传下来的寥寥无几，即便在两汉时期，文人学者能看到的先秦典籍也不多。而且，司马迁在《史记》中并没有“艺文志”之类的书单，后世也不确切知道他看过哪些稀见图书，这也给后世了解先秦史留下了诸多困难，这些典籍的亡佚，的确是中华文明的重大损失。

《汉书·艺文志》列出的书单里，大多数图书已经亡佚，其中的学问也随之失传了。这些亡佚的书，在班固整理书目的时候还有，但经过千百年的时光淘洗，多数著作并没有留下来，如今只能通过书名来窥测其中的奥秘。

班固像

先来看看儒家思想的著作。《汉书·艺文志》里列了一长串书单，可惜绝大多数著作都已亡佚：

《曾子》十八篇，名参，孔子弟子。《漆雕子》十三篇，孔子弟子漆雕启后。《宓子》十六篇，名不齐，字子贱，孔子弟子。《景子》三篇，说宓子语，似其弟子。《世子》二十一篇，名硕，陈人也，七十子之弟子。《魏文侯》六篇。《李克》七篇，子夏弟子，为魏文侯相。《公孙尼子》二十八篇，七十子之弟子。《孟子》十一篇……

除《孟子》外，其他著作要么全书无存，要么就留下只言片语，即便是《孟子》，也有一些篇目亡佚。还有一些哲学著作，光看书名就很有意思，可惜同样没流传下来：

《羊子》四篇，百章，故秦博士。《董子》一篇，名无心，难墨子……《陆贾》二十三篇。《刘敬》三篇……《董仲舒》百二十三篇……《公孙弘》十篇。《终军》八篇……《儒家言》十八篇，不知作者。

这其中的《董仲舒》，应该就是西汉著名学者董仲舒的著作，他提出了“罢黜百家，表章六经”和大一统思想。儒家思想被纳入正统思想，被统治者格外重视，就有他的功劳。董仲舒的学问很大，可惜没留下多少文字，只有《汉书·董仲舒传》里记录了他关于“天人感应”的一些学说，是为“天人三策”。另外，后世有一本《春秋繁露》托名董仲舒所著，但大概率是伪书。真正收录董仲舒思想的，应该就是《汉书·艺文志》里的《董仲舒》，可惜这部多达一百二十三篇的宝贵书籍后来消失在了历史长河中。

还有《终军》八篇，从书名来看，应该是西汉著名政治家终军的著作。《汉书》有他的传记："终军字子云，济南人也。少好学，以辩博能属文闻于郡中。年十八，选为博士弟子。至府受遣，太守闻其有异材，召见军，甚奇之，与交结。军揖太守而去，至长安上书言事。武帝异其文，拜军为谒者给事中。"

终军博学多才，在汉武帝时期曾出使南越国，在历史上留下了请缨报国的典故，但他不幸被南越杀害，被害时才二十岁。如此年轻而蓬勃的生命，会留下何种思考？想必很多人都希望从终军传奇的生命中，了解他的思想与学问。可惜，这部《终军》也亡佚了。另外，后世有《白麟奇木对》《奉诏诘徐偃矫制状》等文章，署名为终军，但其真实性存疑，不知是不是《终军》里的篇目。

儒家的关键在于教化，班固在书中说："儒家者流，盖出于司徒之官，助人君顺阴阳明教化者也。游文于六经之中，留意于仁义之际，祖述尧舜，宪章文武，宗师仲尼，以重其言，于道最为高。"

再来看看道家的著作。班固说："道家者流，盖出于史官，历记成败存亡祸福古今之道，然后知秉要执本，清虚以自守，卑弱以自持，此君人南面之术也。"《汉书·艺文志》中还提到一些上古典籍，其中有不少都堪称"圣贤之道"。但这些书是不是托名之作，也不得而知，因为它们也都消失了，只留下书名和只言片语："《伊尹》五十一篇，汤相。《太公》二百三七十篇，吕望为周师尚父，本有道者，或有近世又以为太公术者所增加也，《谋》八十一篇，《言》七十一篇，《兵》八十五篇。"起码在班固掌握的资料里，商周时期的伊尹、姜太公也有不少著作，可惜在后世没有流传下来。

还有一些后世很少听到的名字，在当时也堪称经典的著作："《辛甲》二十九篇，纣臣，七十五谏而去，周封之。《鬻子》二十二篇，名

熊，为周师，自文王以下问焉，周封为楚祖。”辛甲原本是商纣王的大臣，他忠心耿耿，多次给纣王提意见，但纣王不听，后来他离开商朝，归顺周朝，其他事迹不详。但班固却看到了他的29篇文章，具体内容是什么，我们也不得而知。还有楚国的始祖鬻熊的著作，后世流传有只言片语，但大概率也是托名之作，鬻熊的思想，后世也所知甚少。

再就是阴阳家，班固认为他们与天文历法的传统有关：“阴阳家者流，盖出于羲和之官，敬顺昊天，历象日月星辰，敬授民时，此其所长也。”阴阳家的代表作品有《宋司星子韦》三篇，《公孙发》二十二篇，《乘丘子》五篇，《杜文公》五篇，《南公》三十一篇，《容成子》十四篇，《闾丘子》十三篇，《将巨子》五篇，《周伯》十一篇，《卫侯官》十二篇，等等。以上书籍基本都已失传，但从书名中，我们可以看出，秦汉时的阴阳家的作品，其实也十分丰富，只是绝大多数书籍都已亡佚，后世甚至连那些哲人的名字都不熟悉，只有在故纸堆里，才记录下了他们的名字。

关于法家的著作，班固记录了《李子》三十二篇，《商君》二十九篇，《申子》六篇，《韩子》五十五篇，等等。这其中提到的李悝、商鞅、申不害、韩非都是著名的变法者，是春秋战国时期的改革家。《汉书·艺文志》上说：“法家者流，盖出于理官，信赏必罚，以辅礼制。”这说明在汉朝学者看来，法家对于维护统治秩序、形成奖惩机制有很大作用，法家思想的实用价值也不言而喻。值得注意的是，班固还记录了《晁错》三十一篇，可惜这部记录晁错的政治和哲学思想的大作，也早就亡佚了。

五花八门的知识分类

除了儒家、道家、阴阳家、法家等“知名度”较高的学说著作，

《汉书·艺文志》中还记录了名家、墨家、纵横家、杂家、农家、小说家、兵家以及医学、数术、方技乃至房中术的一些著作篇目。囿于篇幅有限，只能选取其中一二来分析。

关于小说家，班固说："小说家者流，盖出于稗官。街谈巷语，道听途说者之所造也。"相比严肃的正史，小说家的著作更加生动有趣，一些故事来自民间，是道听途说的事情。鲁迅在《古小说钩沉》中就引用了班固对小说的这一定义，稗官野史、街谈巷议、道听途说，也成为后世流行的成语。虽然班固所谓的小说家，与今天文学概念里的小说家还不是一回事，但中国古代文化语境里"小说"概念的来源，确实在此。

可惜的是，班固列出的这些小说家著作，基本上都已亡佚，我们并不知道这些古人到底讲了什么故事，无数民间素材和作者创意就这么永远地消失了，实在太过遗憾。有趣的是，即便在班固那个时代，看到的一些托名古人的著作，也会被看成伪书。比如，小说家作品《伊尹说》二十七篇，班固就直接说："其语浅薄，似依托也。"因为语言太浅显粗陋，连班固都不相信这会是伊尹的作品。更何况，伊尹距离班固也是上千年的古人了，有托名之作也不令人奇怪。与之类似的还有《黄帝说》四十篇、《天乙》三篇，基本不可能是黄帝、商汤写的书，班固也认为它们是后世托名之作。不过，汉武帝时的小说家著作，比如《封禅方说》十八篇、《待诏臣饶心术》二十五篇，"真实度"就高很多了。可惜，这些书都已亡佚。

《汉书·艺文志》还记录了大量古代天文学的书目，可惜这些包含古人智慧的著作，都已经失传了。这其中有观察气候和星体的《泰壹杂子星》二十八卷、《五残杂变星》二十一卷、《黄帝杂子气》三十三篇、《常从日月星气》二十一卷，还有《泰壹杂子云雨》三十四卷、《国章观

霓云雨》三十四卷，从书名来看，可能是通过云雨变化来观察气候的书。更令人叹息的是，班固还记录了一些汉朝占星之书的名字和篇数，比如《汉五星彗客行事占验》八卷、《汉流星行事占验》八卷、《汉日旁气行占验》十三卷，这些著作和背后的学问，都已失传。

班固记录了很多占卜的书目，如今皆已亡佚，其中包括《龟书》五十二卷、《夏龟》二十六卷、《巨龟》三十六卷、《杂龟》十六卷，等等。还有占梦的书，包括《黄帝长柳占梦》十一卷、《甘德长柳占梦》二十卷，甚至还有《人鬼精物六畜变怪》二十一卷，具体内容如何，皆无从得知，只能从书名来推测其背后有十分庞杂的知识体系，相关"技术"都已失传。

关于医学著作，班固分类为"医经"和"经方"，前者可能是偏理论化的一些医学思想，比如《黄帝内经》，后者可能是一些具体的药方。从记载药方的书籍中，可以看出在汉朝时，古代医学技术并不差，而古人对身体奥妙的探索，恐怕远远超过今人的想象。遗憾的是，《五藏六府痹十二病方》三十卷、《风寒热十六病方》二十六卷、《泰始黄帝扁鹊俞拊方》二十三卷、《妇人婴儿方》十九卷，都已亡佚。另有《金创瘲瘛方》三十卷，据学者李零考证，"金创瘲瘛"可能是破伤风的意思。这部失传医书记录的知识，大概与刀剑创伤且引起破伤风问题的疗法有关。《汉书·艺文志》最后还记录了一些关于养生与房中术的书目，比如《三家内房有子方》十七卷、《黄帝岐伯按摩》十卷。

图书亡佚是文明的重大损失，中国古典文献史上有"十厄"的说法，也就是说，至少有过十次重大的图书被毁灭的惨痛历史。在班固之后，还有很多次图书的毁灭。探幽《汉书·艺文志》，也让我们看到一部辉煌却又充满遗憾的古代文化传承史：湮灭在历史尘埃里的太多书籍，除非有考古发现，否则我们无法找到它们的踪迹。

秉笔直书：剖析北魏崔浩国史事件

秉笔直书是古代史家的基本伦理，坚持秉公书写历史者，不在少数，但在一些特殊情况下，如实记录历史，反而会给著史者带来杀身之祸，北魏政治家崔浩就是其中一位。因为书写北魏皇族不堪的发家史，原本受宠的他，不仅地位一落千丈，还被皇帝拓跋焘下令灭族，酿成了崔浩国史冤案。此事背后的恩恩怨怨，随着事件的推演，变得越发模糊，这也给后世了解这段历史制造了困难。

北魏统治者以鲜卑族为主体，他们入主中原后，一方面需要获得中原知识分子和世家大族的支持，另一方面又不想抛弃自己鲜卑“血统”的主体性，对于汉族臣子，既使用又提防。崔浩自小博学多才，《魏书》上称其“少好文学，博览经史，玄象阴阳，百家之言，无不关综，研精义理，时人莫及”，成年之后，他就是北魏重要的汉族大臣。他在北魏朝堂上代表的不只是自己的利益，也是他背后的清河崔氏、范阳卢氏等绵延数百年的门阀豪族的集体利益。因此，崔浩的一言一行，都被人们看在眼里，虽然他在读书人里有不少拥趸，却也因其汉化的思想，被不少保守的鲜卑贵族怀恨在心。

在崔浩从政生涯的大多数时间里，他都是北魏皇帝的宠臣，他前后

精心辅佐了北魏开国皇帝——道武帝拓跋珪、二世皇帝——明元帝拓跋嗣，以及雄心勃勃的太武帝拓跋焘，尤其是拓跋焘在其执政前期，对崔浩非常信任，在其成功击败柔然和胡夏后，更加志得意满，似乎要一气呵成、饮马长江、图取天下。不过，拓跋焘也有志大才疏的一面，其脾气暴躁，喜怒无常，对臣子也有反复无常之举。在拓跋焘手下做事，大家都战战兢兢、如履薄冰，哪怕是三朝老臣崔浩，也难以在这位多疑的鲜卑皇帝手下获得善终。

崔浩的悲剧直接来自一起莫名其妙的国史冤案。《魏书》上说："神䴥二年，诏集诸文人撰录国书，浩及弟览、高谠、邓颖、晁继、范亨、黄辅等共参著作，叙成国书三十卷。"换言之，编撰北魏国史的事情，并非崔浩自讨没趣，而是皇帝直接下令让崔浩等人去做的。而且，这只是当时崔浩面对的繁重与复杂的工作之一，拓跋焘也忙着各种国内政务与国外征战之事，或许在崔浩看来，这件事很重要，但并非唯一重要的事。但就是这样一个看似并不难完成的任务，却给他和族人带来了杀身之祸。

北魏国史完成后，崔浩的"操作"非常奇怪，丝毫不像一个成熟老练的政治家的做法。据《魏书》记载，"著作令史太原闵湛、赵郡郄标素谄事浩，乃请立石铭，刊载国书，并勒所注五经。浩赞成之。恭宗善焉，遂营于天郊东三里，方百三十步，用功三百万乃讫"。

当时，有闵湛、郄标两个下属官员向崔浩建议，可以将已经写好的北魏国史刻在石头上，同时刻上崔浩对五经作注的内容。其中的谄媚意味相当明显：一方面，铭记崔浩修撰国史的功绩；另一方面，吹捧崔浩的学问很大，比之前很多经学家对经典的注解都出色，足以树碑立传、流芳百世。崔浩大概是过于沾沾自喜，内心飘飘然了，竟然赞同了两人的建议，还把这些石刻放在道路两侧，公之于众，生怕别人不知道自己

干了这件大事。

很快，人们发现了这些石刻历史的问题。这上面记载了大量北魏发家的“黑历史”。因为鲜卑的统治者本来是草原上的游牧民族，在入主中原前，长期过着原始、落后的生活。在已经入主中原的北魏贵族来看，这些历史简直就是在“暴扬国恶”，他们对崔浩的汉化思想本就非常不满，便借助此事发难，要求拓跋焘严惩崔浩。

或许连拓跋焘都没想到崔浩会这样“直爽”，拓跋焘对自己祖先“黑历史”被曝光的事情极为震怒，于是下令诛杀崔浩，连同与之有关的大量世家大族都被株连：“清河崔氏无远近，范阳卢氏、太原郭氏、河东柳氏，皆浩之姻亲，尽夷其族。”在崔浩被押送途中，很多人在他身上便溺，史载“送于城南，使卫士数十人溲于其上，呼声嗷嗷，闻于行路”，可谓人格丧尽，悲惨至极。

今天，人们会传颂“在齐太史简，在晋董狐笔”的故事，对那些秉笔直书、正道直行的史官抱有尊敬与同情，但对同样“正直”的崔浩并无很多光明的评价，而是趋于迷惑与不解。这固然有崔浩在国史案中过于自以为是、好大喜功的原因，而更重要的原因是拓跋焘的反应过于激烈了。如果只是崔浩等个别编撰国史者的错误，拓跋焘本来可以只诛杀少数人，随之平息这场风波，但他大肆扩大打击范围，以至于世族被灭、血流成河。这恐怕并非拓跋焘性格残暴之故，而是北魏政治发展路上难逃的宿命。在崔浩活跃的那个时代，北魏汉化的阻力还很大，不论是拓跋焘还是一些拓跋传统贵族，都无法容忍任何暴露其早期“黑历史”的做法，哪怕是打着“修撰国史”的旗号也不行。而以崔浩为代表的中原知识分子，或许并未读出拓跋皇族内心深处的隐忧，以至于说出看似并不“敏感”的真相，招致灭顶之灾。

事实上，入主中原的异族政权，需要一个心理和心态的变化过程，

到了北魏孝文帝汉化改革完成后，其统治者不会像拓跋焘那么“玻璃心”了。在后世，这样的例子就更多了。比如，在清朝，雍正皇帝就搞过《大义觉迷录》，不惜与民间指控自己“黑历史”的人进行“辩论”，乾隆皇帝则编撰过《贰臣传》，甚至公开赞扬那些当年英勇抗清的明朝忠臣，看似是在赞颂“敌人”，实际上是在为自身统治的合法性进行深层的阐释。以上这些，恐怕就是拓跋焘时期的北魏人难以理解的了。说到底，还是社会发展程度的不同，导致人们对历史的判断，存在较大的分歧，乃至引发政争与祸乱。

万卷之厄：梁元帝江陵焚书之谜

中国古典文献史上灾厄级别的书籍毁灭事件，至少有十几次，但这些灾厄，或源于内忧外患，或是在国破家亡之际被迫散佚。但南朝梁元帝萧绎一手造成的江陵焚书事件，则是由统治者直接焚毁了当时天下一半的藏书，造成了无法估量的损失，其诡异的操作也算空前绝后了。

侯景之乱后的萧梁王朝已经陷入崩溃状态，梁武帝萧衍饿死台城，作为萧衍第七子的萧绎派军驻守在江陵（今湖北荆州），并在江陵继位，是为梁元帝。江陵城易守难攻，萧绎便认为可以据守天险，无惧北方的敌人。当时，中国北方分裂为西魏和东魏两个国家，西魏实力强大，对江陵威胁很大。但萧绎无视这一现实，公然挑衅西魏，写信给西魏权臣宇文泰，要求重新划分疆土。这自然招来宇文泰的报复性讨伐，他命令于谨、杨忠、宇文护等大将，率领精锐部队南下。

很快，西魏大军就兵临江陵城下。萧绎在危亡之际表现得像个书呆子，竟然在给群臣讲授《老子》。城墙之外，敌军铺天盖地，城墙之内，他却毫无作为，不知是通过讲学来缓解压力，还是真的读书钻了牛角尖，他以“读《老子》”为幌子，延误了一个又一个合理的战机。最终，江陵城破，萧绎也被萧衍之孙萧詧以土袋闷死。

如果说萧绎的昏庸无能，毁灭的只是他自己，连累的只是江陵的百姓，或许其名号还不至于登上中国文化的罪人榜单，但他在临死前，将江陵东阁竹殿珍藏的十几万卷图书付之一炬，酿成文化史上的江陵焚书事件，则是滔天罪行。萧绎也算是读书人和才子，为何会对书籍有如此大的敌意？为何会从文化的守护者沦为文化的罪人？

唐朝史学家姚思廉编撰的《梁书》，被后世视为萧梁的正史，也被纳入"二十四史"，它编撰的年代距离南北朝也不算远，因而史料是可靠的。《梁书》也承认萧绎的聪明才智，用"聪悟俊朗，天才英发"来形容他。根据《梁书》记载，在萧绎年仅5岁时，就能背诵《礼记》里的《曲礼》，而且面对长辈的提问，他都能侃侃而谈、对答如流，可谓"博综群书，下笔成章，出言为论，才辩敏速，冠绝一时"。萧绎著述很多，且擅长绘画，《梁书》列出了其作品的名录，可惜这些作品多数没能保存下来："所著《孝德传》三十卷，《忠臣传》三十卷，《丹阳尹传》十卷。《注汉书》一百一十五卷，《周易讲疏》十卷，《内典博要》一百卷，《连山》三十卷，《洞林》三卷，《玉韬》十卷，《补阙子》十卷，《老子讲疏》四卷，《全德志》、《怀旧志》、《荆南志》、《江州记》、《贡职图》、《古今同姓名录》一卷，《筮经》十二卷，《式赞》三卷，文集五十卷。"

这其中比较有名的是《职贡图》。很多朝代都有自己的职贡图，大多记录了外国向中国进贡时的场景。萧绎画的这幅职贡图，是现存最古老的职贡图，原图已经失传，现存于国家博物馆的这幅画是宋人的临摹版。这幅长卷上有12个国家的进贡使者形象，分别来自：末国、白题、胡蜜丹、呵跋檀、周古柯、邓至、狼牙修、倭国、龟兹、百济、波斯和滑国。它们有些是西域古国，有些位于遥远的西亚，有的在东南亚。虽然萧梁时期的中国不是大一统国家，但对周围国家的影响力还是很大

宋人临摹的《职贡图》(局部)

的，朝贡之国以南朝为正统王朝，会派遣国使来都城建康，拜见萧梁皇帝。这些使者长相、身高、穿着打扮和表情都不同，萧绎将亲眼所见的场景绘制下来，便留下了这幅珍贵的职贡图。

然而，就是这样一位学养深厚、精于绘画的皇族成员，在当了皇帝之后，却渐渐沦为荒唐角色。在他焚毁十几万卷珍贵藏书的时候，竟然将自己的败亡归咎于这些书籍。史载其焚书理由，竟是“读书万卷，犹有今日，故焚之”，实在是令人费解。读书越多，本应修养越好、见识越多，怎么会变得更加偏激呢？因为读书走入了误区，走向了毁灭，却将罪责归于书籍，这难道不是谬论吗？或许正是秉持着这样的“读书无用论”，萧绎才无法看清自身的弱点，在自以为是的偏激思维里越陷越深，直到敌军攻破江陵，都不知道自己到底因何而败亡。

无论如何，萧绎江陵焚书事件的历史破坏力极强。从汉末三国以来，天下动荡不安，西晋的文化建设十分有限，短暂统一和安定几十年

后，就出现了永嘉之乱这一历史上的重大灾厄，很多皇家、官府收藏的珍宝密卷都因此毁于一旦，少数书籍流入民间、散落四方，一些有识之士不断搜集、整理古今书籍，逐渐将这些文化珍馐转移到相对安定的江南。萧绎在江陵城收藏的图书，不乏秦汉以来的孤本秘籍，它们有些或许出现在史书的“艺文志”目录里，有些可能连名字都没能留在历史长河中。伴随着刀光剑影的冲天烈焰，这些蕴藏着海量信息和凝结着古人智慧的文明瑰宝，就这样遗憾地化为灰烬。

虽然江陵焚书的第一罪人是萧绎，但动荡不安、战乱频繁的时代环境，也是酿成这一灾厄的重要原因。在古代，保存书籍本来就是巨大的难题，随着时光的流逝，书页会发黄，字迹会褪色，在不适合的自然气候的作用下，书籍的损坏程度会加剧。尤其是南方潮湿的天气，更会加剧书籍的老化。更何况，改朝换代之时，也会造成大量书籍的毁灭与失传。可以说，萧绎是给万卷藏书按下毁灭“加速键”的那个罪人，而战争则是破坏书籍和摧毁文明的根本因素。在当时，即便没有萧绎这样偏激的帝王，也会有数不清的战乱与纷争，给大量珍贵书籍带来灭顶之灾。在回顾江陵焚书事件时，岂能只声讨个别人，而忽略了混乱的时局呢？

三百多年后的反思：唐人如何讲述晋代往事

玄武门之变后，唐太宗李世民开启大唐“贞观时代”，民众渴盼已久的太平岁月，终于再次降临。此前，只有隋文帝短暂实现了统一与和平，但在隋末战乱中，生灵涂炭的景象再次上演。上溯至西晋末年，自八王之乱后的两三百年里，中原几乎就没太平过，十六国政权相继登场，又转瞬即逝，南北朝长期对立，民众长期处于动荡不安中。李世民是一位有为的君主，他决心中止百年战乱，消弭政权对立与纷争，让人民休养生息，贞观之治由此出现。

或许是李世民与初唐群臣具备了较为清晰的“历史断代”观念，意识到自己处于一个历史转折期：从此开始，历史掀开了新的一页，而对于此前的历史，也要有明确的总结与评判，尤其是“天下腥膻”的两晋十六国历史，更应该得到一个系统的官方叙述。

以史为鉴：李世民与《晋书》

贞观二十年（公元 646 年），在李世民的要求下，房玄龄、褚遂良、许敬宗等大臣组成了《晋书》编修团队，摆在他们面前的，倒不是史料匮乏的问题，而是史料繁杂混乱的问题。西晋灭亡后，天下关于“谁是

正统”的问题，一直没有统一意见。后世已经默认了苟安江南的东晋是“正统”，但在当时，不论是匈奴人刘渊建立的汉赵政权，还是氐族人苻坚统治的前秦帝国，甚至是偏居四川的成汉王朝，都有自认为“正统”的理由，但也都没能突破地域的限制，立国短短几十年，就成为叛逆者或入侵者铁骑下的“失败者”。由于没有长期占据中原的政权，也没有真正一统天下的帝王，两晋十六国的历史叙述，只能是混乱的，存在各自表述而又相互矛盾的问题。

《晋书》监修房玄龄当然也知道这些情况，他需要从大量晋代史料中找到明确的历史线索，分门别类、有条不紊地来开展编撰工作。对于房玄龄他们来说，起码有“十八家晋史”可以参考，包括“九家晋书”与“九家晋纪”，是不同学者笔下的不同风格的晋史。

房玄龄像

遗憾的是，“十八家晋史”的多数内容，我们今天已经看不到了，它们在后世的岁月跌宕中渐渐消失，只有少数内容被辑录在研究者的著述中。但《晋书》编修团队当时所看到的史料，是相当丰富的，“十八家晋史”中只有少数内容在初唐就已经失传了。比如，萧梁史学家沈约，就写过一部一百一十卷的《晋书》，可惜连房玄龄都没看到沈约《晋书》的内容。还有东晋志怪小说家干宝，也写过一部二十卷的《晋纪》，写的是西晋历史。他距离书写的年代很近，估计史料真实性很高，虽然我们在今天看不到它了，但房玄龄可以从中找到不少关键史料，并用于修撰《晋书》的工作。

除了“九家晋书”与“九家晋纪”这类纪传体史书，当时社会上还流传着《汉晋春秋》《晋阳秋》等编年体史书。房玄龄与编修团队一起在可见的史书中挖掘了不少有价值的史料，还结合当时官方掌握的其他史料，在适度取舍之后，完成了最终被认定为晋代正史的《晋书》。

“从善如流”与“以史为鉴”是李世民在历史上留下的深刻烙印，很多人提起李世民，都会提起他那句名言“水可载舟，亦可覆舟”，其实此言出自《荀子》，但因为李世民常说这句话，又是这句哲理的践行者，将李世民的历史形象与之联系在一起，也未尝不可。

李世民亲自为《晋书》书写评语，点评历史人物与事件。有四位古人得到了李世民写史论的“特殊待遇”：司马懿、司马炎、陆机与王羲之。两位帝王，两位知识分子，十分“对称”，似乎映照了李世民内心深处对“文治武功”均衡追求的心愿。

西晋开国之君司马炎，在《晋书》上的形象相当“包容”，威严不足、温和有余，似乎不是一个强悍的开国皇帝，而是一个被利益集团推举上位的“吉祥物”。与其他开国君主相比，司马炎的江山，确实来得比较容易，他直接继承了司马懿、司马师、司马昭等前人的成果，算

是最后一个“摘桃子的人”。而司马家族之外，其他门阀的势力也不容小觑，司马炎对他们既依赖又提防，只能显出一副“好脾气”。李世民对这位开国君主的评价，却是从“仁义”角度切入的。司马炎的优柔寡断，在李世民眼中似乎不是缺点：“帝宇量弘厚，造次必于仁恕；容纳谠正，未尝失色于人。”这是相当高的评价了。当然，睿智的李世民也看出西晋迅速衰败的原因，就在于司马炎不知轻重、舍大取小。司马炎执意让“白痴太子”司马衷继位，为八王之乱埋下了巨大隐患。李世民对此点评道：“夫全一人者德之轻，拯天下者功之重，弃一子者忍之小，安社稷者孝之大；况乎资三世而成业，延二孽以丧之，所谓取轻德而舍重功，畏小忍而忘大孝。圣贤之道，岂若斯乎！虽则善始于初，而乖令终于末，所以殷勤史策，不能无慷慨焉。”耐人寻味的是，李世民在玄武门之变中的选择，就有点他所谓的“大小之别”的味道——为了江山社稷和天下苍生，他宁可杀兄逼父，背上千古骂名，但从更长远的眼光来看，这是为了避免让李建成、李元吉这类人上位，以防大唐重现“二世而亡”的历史悲剧。

帝王心术，非常人可以揣测，李世民不会在史论中评判自己，但在他品评历史的只言片语中，却能呈现其某些隐微的心理。当李世民走到那个最高位置的时候，他所有的言论与行为，都围绕政治逻辑展开。或许在他的心底，已经认定，只有这样，才能论证自己权力来源的合法性，在安慰自己的同时，也给天下、给后世一个可以接受的“交代”。

别样的角色：《载记》中的异族政权君主

《晋书》的一大特色，就是使用了《载记》，以此来记录五胡十六国时期异族政权主要君主的历史，有整整三十卷的内容，都在讲述匈奴、鲜卑、羯、氐、羌等异族统治者的故事。严格来说，《载记》不是房玄龄和《晋书》编修团队的“首创”，之前记录东汉光武帝到灵帝之间历史的《东观汉记》，就有《载记》，但它记录的不是异族政权历史，而是王莽时期的各种历史“过渡人物”，如绿林军首领王常、赤眉军首领刘盆子，大概是不好分类，便设置《载记》来记录他们的历史。

从历史写作的传承来看，早在司马迁写《史记》时，就有《匈奴列传》，并把匈奴君主的谱系，纳入华夏历史的叙述的脉络中，是一种史学上“大一统”观念的体现。而书写两晋史，更加绕不开异族政权的历史，而房玄龄他们的操作方法，与司马迁如出一辙，将五胡历史纳入官方主流叙事，但区别在于，不会把它们的君主都当成什么华夏“正统”，非要寻找一个上古圣王作为祖先。

不过，曾经有望一统天下的异族政权的君主，在攻取中原腹地后，就会编织一套自己是“正统”的话语，不仅是为了说服自己的属下转变身份意识，也是为了给持有“华夷之别”观念的人一个不至于太难接受的现实。比如，匈奴人刘渊虽然夺了西晋的“天命”，却还要攀附汉朝的国号，自称“汉”，还声称自己是刘邦的后人。如此做法，自然是源自统治上的考虑，至于刘渊是否真的有大汉血统，反而不是那么重要了。

西晋末年，匈奴人攻入洛阳，抢占中原，酿成永嘉之乱。这场祸乱不仅摧毁了西晋王朝，也“肉体消灭”了数不清的世家大族，甚至很多自秦汉以来定居中原数百年的华夏先民都惨遭灭族，他们修筑的琼楼玉宇、收藏的珍宝书籍，也都在战火中化为灰烬，堪称天崩地裂式的灾厄与浩劫。侥幸逃脱、南渡建康的人们，尤其是读书人，无法接受惨痛的现实，只能期盼北伐成功，夺回故地。

然而，偏居江南的政权，不论是东晋还是后来的宋齐梁陈，只能勉强自保，无力北上，甚至还得不时面对北方异族政权南下征伐的压力。

因此，一些知识分子只能选择醉心山水，不问世事，还有人自觉接受异族政权攀附华夏“正统”的政治论述，哪怕他们自己也不愿意相信，但面对艰难的时局，也不得不逼迫自己相信了。由此产生的“用夏变夷”观念，在当时十分流行。《孟子》有言：“吾闻用夏变夷者，未闻变于夷者也。”以华夏文明影响异族文化，甚至异族政权主动选择汉化，并在潜移默化中变得越发文明。甚至在“用夏变夷”观念的逐渐影响下，一些异族政权的君主，发自内心接受了华夏圣贤的教诲，真正开始用严格的圣王标准来要求自己，前秦君主苻坚就是一个鲜明的例子。从《晋书》的记载来看，苻坚是个信守儒家之道的君主，起码从践行孔子仁政的角度看，他比晋朝皇帝要做得好，更像是上古贤君的“精神传人”。

苻坚是十六国乱世中比较罕见的善于接纳臣子意见的君主。据《晋书》记载，苻坚在稳定国内局势后，也渐渐滋生奢靡之风：“国内殷实，遂示人以侈，悬珠帘于正殿，以朝群臣，宫宇车乘，器物服御，悉以珠玑、琅玕、奇宝、珍怪饰之。”尚书郎裴元略建言献策，规劝苻坚采取圣贤之道，不要贪图享乐，而要勤俭节约，励精图治。苻坚认真听取了意见，变得严于律己，前秦国力也由此更加强盛，甚至在此之后，出现了八方来朝的“盛世景象”：“鄯善王、车师前部王来朝，大宛献汗血马，肃慎贡楛矢，天竺献火浣布，康居、于阗及海东诸国，凡六十有二王，皆遣使贡其方物。”这在非大一统政权的历史上是相当罕见的，而这也彰显了苻坚的仁德与治理国家的能力。

然而，苻坚终究不是那个可以一统天下的帝王，淝水之战成为其命运的转折点。苻坚兵败后，国内分裂势力蠢蠢欲动。或许苻坚不论如何都没想到，自己会亡于曾经信任的姚苌手里。苻坚曾经封姚苌为龙骧将军，掌控兵权，但在自己的危难时刻，竟被姚苌落井下石。姚苌的权力欲望很大，想取代苻坚成为皇帝，便向苻坚索要传国玉玺。但苻坚认为自己才是“天命所归”，并怒斥姚苌：“小羌乃敢干逼天子，岂以传国玺授汝羌也，图纬符命，何所依据？五胡次序，无汝羌名。违天不祥，其能久乎！玺已送晋，不可得也。”见苻坚不肯让出传国玉玺，姚苌便以上古尧舜禅让之事，忽悠苻坚让位。但苻坚的“正统”观念很深，认为禅让是圣贤之间的事，姚苌根本不配跟自己提禅让的事：“禅代者，圣贤之事。姚苌叛贼，奈何拟之古人？”苻坚宁死都不愿意交出玉玺，甚至宁愿把玉玺送给东晋皇帝，也不愿意给姚苌，就是因为在他看来，姚苌想当皇帝，并不存在合法性，无法继承大统，甚至连偏居江南的东晋都不如。

苻坚对待传国玉玺的态度，非常耐人寻味。传国玉玺象征着华夏“正统”，得到它的君主，才真正拥有了“天命”，在乱世更是如此。不过，姚苌和那些叛乱者，并不会因为名义上缺乏“正统”就不去争权夺利，他在杀害苻坚后，建立了后秦政权，好不容易由前秦短暂统一的北方，再次陷入兵荒马乱之中。《晋书》记录的一个个割据政权，大多是这般宿命，像流星一样划过历史的夜空，匆匆降临，又转瞬即逝。

《晋书》中的神秘气息

官修史书向来给人严肃乃至古板的印象，但记载两晋历史的《晋书》存在不少猎奇的内容，让一些历史人物和事件周围萦绕着神秘的气氛。

一些奇闻异事集中记载于《晋书·五行志》中，古人习惯将自然灾害当成上天的警示，与人间的祸乱结合起来。比如，关于西晋后期的八王之乱，《晋书》上有这段记载：

永宁元年，自夏及秋，青、徐、幽、并四州旱。十二月，又郡国

十二旱。是年春，三王讨赵王伦，六旬之中数十战，死者十余万人。

西晋永宁年间，司马伦篡夺皇位，将“白痴皇帝”司马衷奉为太上皇，但他的篡权行为激起了人们的不满，各路大军纷纷声讨司马伦，战事更加激烈。而受到战乱波及最大的，还是可怜的老百姓，当时祸不单行，全国多个州出现了大旱。实际上，战乱往往伴随着天灾，而灾荒又加剧了人间的苦难。连年大旱的历史，在《晋书》中也有记载：

义熙四年冬，不雨。六年九月，不雨。八年十月，不雨。九年，秋冬不雨。十年九月，旱。十二月又旱，井渎多竭。是时军役烦兴。

《晋书》记载了大量的地震与山崩事件，并认为这是上天对祸乱朝纲者的警示。比如，西晋惠帝元康年间，就出现了严重的山崩地陷：

惠帝元康四年，蜀郡山崩，杀人。五月壬子，寿春山崩，洪水出，城坏，地陷方三十丈，杀人。六月，寿春大雷，山崩地坼，人家陷死，上庸亦如之。八月，居庸地裂，广三十六丈，长八十四丈，水出，大饥。上庸四处山崩，地坠广三十丈，长百三十丈，水出杀人。皆贾后乱朝之应也。

《晋书》还记载了一些牲畜身上出现的怪事。《犬祸》一节中有记载：“愍帝建兴元年，狗与猪交。案《汉书》，景帝时有此，以为悖乱之气，亦犬豕祸也。犬，兵革之占也。豕，北方匈奴之象。逆言失听，异类相交，必生害也。俄而帝没于胡，是其应也。”甚至记下了无头小狗的故事：“永兴元年，丹阳内史朱逵家犬生三子，皆无头。后逵为扬州刺史曹武所杀。”

还有一些童谣谶纬之事，见于《诗妖》一节：

孙休永安二年，将守质子群聚嬉戏，有异小儿忽来言曰：“三公锄，司马如。”又曰：“我非人，荧惑星也。”言毕上升，仰视若曳一匹练，有顷没。干宝曰：“后四年而蜀亡，六年而魏废，二十一年而吴平。”于是九服归晋。魏与吴蜀并战国，“三公锄，司马如”之谓也。

据《晋书》记载，三国时期的东吴永安年间，突然出现一个奇怪的小孩，他跟其他人都长得不一样，说的话也让人匪夷所思：“司马氏将一统天下。”别人问他来自何处，这小孩却说：“我不是人类，而是荧惑星人。”话音刚落，他就腾空而起，消失在人们的视野里。后来司马氏果然一统三国，验证了这荧惑星人的预言。这个故事曾出现在干宝的《搜神记》中，本来是怪力乱神之事，却被记入正史《晋书》，实在让人费解。

类似的预言也出现在前秦的苻坚身上：“苻坚初，童谣云：‘阿坚连牵三十年，后若欲败时，当在江湖边。’及坚在位凡三十年，败于淝水，是其应也。又谣语云：‘河水清复清，苻坚死新城。’及坚为姚苌所杀，死于新城。复谣歌云：‘鱼羊田升当灭秦。’识者以为‘鱼羊，鲜也；田升，卑也，坚自号秦，言灭之者鲜卑也。’其群臣谏坚，令尽诛鲜卑，坚不从。及淮南败还，初为慕容冲所攻，又为姚苌所杀，身死国灭。”

《晋书》记载，苻坚在位时，民间有童谣，说苻坚将来会在江湖边战败，果然苻坚最终因淝水之战的失败而走向绝路。当时还有童谣说，苻坚会死在新城，后来苻坚果然在新城被姚苌杀害，再次验证了预言。

自然界的一草一木，在《晋书》里仿佛也有了灵性，甚至专门有

一节《草妖》来记载其中的怪异现象。比如曹操砍树一事，《三国演义》里有这段故事，其知名度颇高。《晋书》中是这样记载的：

汉献帝建安二十五年春正月，魏武帝在洛阳起建始殿，伐濯龙树而血出，又掘徙梨，根伤亦血出。帝恶之，遂寝疾，是月崩。盖草妖，又赤祥，是岁魏文帝黄初元年也。

到了罗贯中写《三国演义》时，这个故事更加丰富、生动，虽然加入了小说家的想象，还借此引出了华佗的故事，但故事蓝本可能还是从《晋书》中来的。《三国演义》第七十八回《治风疾神医身死 传遗命奸雄数终》有言：

操大喜，即令人工到彼砍伐。次日，回报此树锯解不开，斧砍不入，不能斩伐。操不信，自领数百骑，直至跃龙祠前下马，仰观那树，亭亭如华盖，直侵云汉，并无曲节。操命砍之，乡老数人前来谏曰："此树已数百年矣，常有神人居其上，恐未可伐。"操大怒曰："吾平生游历，普天之下，四十余年，上至天子，下及庶人，无不惧孤；是何妖神，敢违孤意！"言讫，拔所佩剑亲自砍之，铮然有声，血溅满身。操愕然大惊，掷剑上马，回至宫内。

曹操因为冒犯了梨树之神，头疼越发严重，只能邀请华佗来看病：

是夜二更，操睡卧不安，坐于殿中，隐几而寐。忽见一人披发仗剑，身穿皂衣，直至面前，指操喝曰："吾乃梨树之神也。汝盖建始殿，意欲篡逆，却来伐吾神木！吾知汝数尽，特来杀汝！"操大惊，急呼：

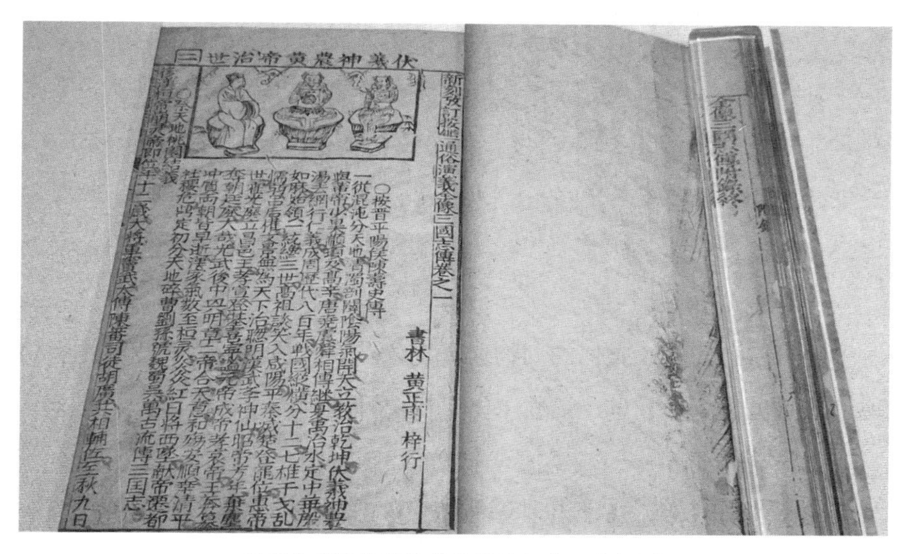

国家典籍博物馆收藏的明刻本《三国演义》

“武士安在？”皂衣人仗剑砍操。操大叫一声，忽然惊觉，头脑疼痛不可忍。急传旨遍求良医治疗，不能痊可。众官皆忧。

《晋书》中通神的生物不只是梨树，还有《鱼孽》一节，专门记录与鱼有关的怪事：

武帝太康中，有鲤鱼二见武库屋上。干宝以为：“武库兵府，鱼有鳞甲，亦兵类也。鱼既极阴，屋上太阳，鱼见屋上，象至阴以兵革之祸干太阳也。至惠帝初，诛杨骏，废太后，矢交馆阁。元康末，贾后谤杀太子，寻亦诛废。十年之间，母后之难再兴，是其应也，自是祸乱构矣。”

另外，在《射妖》一节里，《晋书》记载了很玄乎的一个故事：

蜀车骑将军邓芝征涪陵，见玄猨缘山，手射中之。猨拔其箭，卷木叶塞其创。芝曰："嘻！吾违物之性，其将死矣！"俄而卒，此射妖也。一曰，猨母抱子，芝射中之，子为拔箭，取木叶塞创。芝叹息，投弩水中，自知当死。

值得注意的是，类似的动物通灵现象，在其他的魏晋典籍中也有出现。在《世说新语》里，记载了桓温伐蜀时遇到的一件怪事：

桓公入蜀，至三峡中，部伍中有得猿子者，其母缘岸哀号，行百余里不去，遂跳上船，至便即绝。破视其腹中，肠皆寸寸断。公闻之怒，命黜其人。

桓温带领船队来到三峡时，有人捕获了一只小猴子，但母猴沿着江岸一直痛苦地哀鸣，跟着船队走了百余里都不离开。后来这母猴跳上船，立刻就气绝身亡了。桓温命人剖开母猴的肚子，发现其肠子都一寸一寸地断掉了。这猿猴已然通了灵性，桓温本来就是性情中人，见到这番场景，便在大怒之下罢黜了那个捕获小猴子的人。

还有一些死而复生的故事，也被清晰地记载在《晋书》中：

咸宁二年十二月，琅邪人颜畿病死，棺敛已久，家人咸梦畿谓己曰："我当复生，可急开棺。"遂出之，渐能饮食屈伸视瞻，不能行语，二年复死。京房《易传》曰："至阴为阳，下人为上，厥妖人死复生。"其后刘元海、石勒僭逆，遂亡晋室，下为上之应也。

还有“假死”现象：“义熙中，东阳人莫氏生女不养，埋之数日，于土中啼，取养遂活。”

《晋书》甚至还记录了双性人的故事。双性人是基因突变的结果，但古人并不懂这些，只觉得这是怪异之事，还把这跟混乱的社会风气结合起来：

惠帝之世，京洛有人兼男女体，亦能两用人道，而性尤淫，此乱气所生。自咸宁、太康之后，男宠大兴，甚于女色，士大夫莫不尚之，天下相仿效，或至夫妇离绝，多生怨旷，故男女之气乱而妖形作也。

让古人惊愕的现象，还有女变男：“惠帝元康中，安丰有女子周世宁，年八岁，渐化为男，至十七八而气性成”“孝武帝宁康初，南郡州陵女唐氏渐化为丈夫”，它们都被记载在《晋书》里。

其实，上面这些奇闻异事，并非只出现在魏晋时期，作为罕见的人体现象，它们存在于人类的不同时期、不同国家中。只是古人不具备现代医学知识，更不懂基因突变的原理，见到稀罕的东西，便要诉诸怪力乱神之事。

《晋书》为何偏爱神秘叙事

《晋书》在记述一些历史人物和事件中，也不时夹杂着一些怪异之事。与极其简洁的《三国志》不同，《晋书》叙事比较烦琐，而且将那些本来属于文人笔记、民间志怪的内容，也放在了史书里。从正史的严肃性来说，《晋书》记录如此多的古怪现象，却是有些离谱；其他官修史书，基本上不会记录这些。但如果从魏晋时期的文化观念与社会风俗来看，这些内容正是当时人们精神世界的折射。当时不论是帝王还是百

姓，大多信鬼怪之事，浓郁的宗教氛围，也让死而复生、植物通灵、动物异变之类的事，有了广泛的社会传播与充分的民众接受度。两晋南北朝是一个很特殊的时代，一方面是连年战乱，除了南方在某些时期相对安定，其他时间基本上都是各地统治者打来打去，而频繁出现的天灾又加剧了民众的苦难，农民颗粒无收，只能背井离乡，成为大地主的附庸，而大量老百姓只能沦为流民，艰难度日。另一方面，很多人只能在宗教塑造的精神世界里寻求灵魂的慰藉，他们相信因果报应、轮回转世之说。对当时的人来说，灵异之事绝非趣味谈资，而是真正可以相信的东西，是面对现实苦难时不得不依赖的精神寄托。

从这个意义上讲，《晋书》中存在大量神秘叙事，也是对那个时期的时代精神的真实反映。后人阅读其中的奇闻异事，或许能感受到古人丰富的想象力，却往往忽视了其背后的现实困顿与无奈。史书既是对一个时代真实历史的记录，也折射其时代的精神症候，因而后人研读古代史书，也不能只看其中的故事，还需思考这些故事何以出现，揣摩叙事背后的写作思维，在研究史料来源的同时，更深入地探究古人的精神世界。

从历史写作的角度看，《晋书》是唐朝初年房玄龄等文臣在短短两年多时间内修撰好的，不仅历时短，写作的也是几百年前的往事了。两晋南北朝战乱频仍，很多割据政权虽然有自己的官修史书，但大多在战火中亡佚了。民间记录虽然也有一些，但权威性不足，且存在大量怪力乱神之说。房玄龄等人只能以南齐臧荣绪写的《晋书》为蓝本，结合其他零散在各处的资料，拼凑成一本官修《晋书》。这其中难免就有大量语焉不详、自我矛盾乃至志怪小说的内容，虽然读起来比较有趣，但也消解了史书的严肃性和权威性。

总而言之，很难说《晋书》是最好的晋史作品，但在中国古代的历

史写作话语体系里，官方定调决定一切。因为这是唐太宗李世民十分重视的作品，还给一些篇章写了评语，加上《晋书》之外的典籍大多不成体系，后世只好以《晋书》为正典，它也得以进入“二十四史”的经典序列。

如何捍卫道义：欧阳修与《新五代史》之谜

五代十国是中国古代史上极其混乱的一段历史，不仅因其间乱战不休，帝王将相如走马灯般相继登台，又迅速退场，也因这段乱世相对短暂，未能得到后世的充分了解。学界一般认为，五代十国时期始于公元 907 年的朱温灭唐事件，终结于公元 979 年北汉灭亡。如果以赵匡胤发动陈桥兵变、建立北宋的公元 960 年来看，五代十国仅持续了五十三年。它是唐宋之间一个非常短暂的历史过程，也是一个动荡不安的时期，除了个别割据政权能保证相对的和平与安宁，其他地区的百姓大多处于痛苦与挣扎中，其混乱与黑暗程度毫不亚于五胡十六国时期。

《新五代史》一度取代《旧五代史》

如何客观看待这段特殊的历史，成为后世史学家无法回避的一个问题。早在北宋初年，宋太祖开宝年间，朝廷就下令编修一套关于五代十国的史书。当时，曾在四朝为官的薛居正，就成了监修五代史的最佳人选——不仅是因为他的学识和地位，更是因为其特殊的身份与经历，他在后晋、后汉、后周、北宋四个政权都做过官，五代史上的很多人物，他直接或间接地都接触过，很多历史事件，他也亲历或旁观过。对薛居正来说，说起五代史，就如同讲述自己的生平事迹，而说起那些一时的弄潮儿，简直如数家珍。更何况，北宋宰相范质修撰的《五代通录》等史书，也为薛居正提供了翔实的史料，可以直接作为蓝本来用。因此，薛居正编修五代史只用了一年时间就修撰完成了，后世称之为《旧五代史》。

长达一百五十卷的《旧五代史》，将大量笔墨放在五代政权人物的书写上。跟以往的正史体例相似，仅梁唐晋汉周五个中原政权的皇帝的本纪，就占据了大量篇幅。还有很多列传，分别属于五个朝代的各自史书中。对当时的人来说，这套五代史算是比较全面的作品了，并且因为编撰史书的时间距离书写对象很近，很多内容的“在场感”很强，反而保留了史料的鲜活度。

但是，就是这样一部还算出色的官修正史，却在宋代之后变得越发边缘，甚至几乎消失在人们的视野中。直到清朝乾隆年间的学者邵晋涵，从《永乐大典》等资料里辑出了这部五代史，才让其面貌重现于世人面前，这也让《旧五代史》成为最后一部被列入“二十四史”的史书。

欧阳修的《新五代史》的名气和权威性，后来远远超过了《旧五代史》。欧阳修的《新五代史》，原名《五代史记》，是“二十四史”里的一部私人著史，带有明显的个人风格。喜欢《新五代史》者，会十分推崇欧阳修在五代人物和事件上的个人见解与评论，但也有不少批评者，认为欧阳修时常大发议论，常以“呜呼”开篇，凭着个人喜好来臧否人物，用今天的话说，这叫“夹带私货”。晚清学者章学诚就认为，《新五代史》里慨叹和情绪化的内容太多。

我们不能无视这些批评《新五代史》的声音。这种过于文学化的表达，或许能增加史书的可读性，但真正的思想未必需要寄托在情绪上，而是要通过逻辑的力量来呈现。欧阳修敢于挑战前人的著述，甚至把个

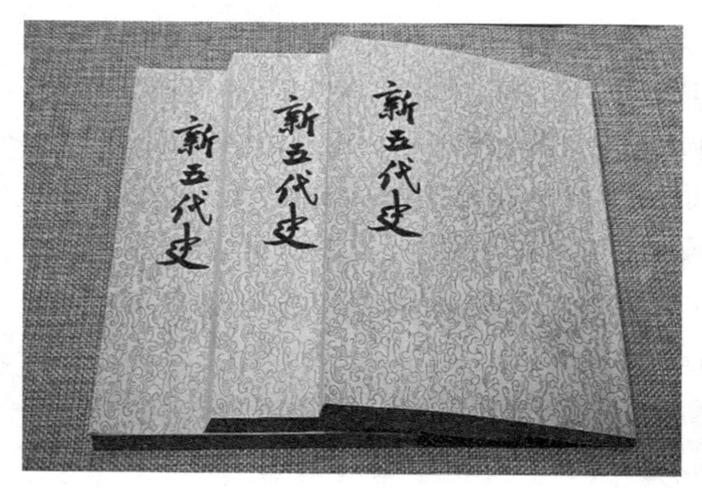

绵阳博物馆展示的《新五代史》

人的观念夹在历史叙事里，他未必没想过这样做会面对后世的批评。既然如此，欧阳修为何非要写一部新的五代史呢？

承载道义的《新五代史》

欧阳修撰写《新五代史》，确实有其独特的诉求和精神寄托。欧阳修认为五代十国发生了各种违反人伦天道的事情，甚至在帝王家，也有各种兄弟相残、父子互害的事情。帝王家带头破坏家庭伦理和社会秩序，民间更是浑浊不堪。因此，欧阳修认为那些不符合道义的人物和事件，根本不值得大书特书，哪怕是帝王将相，也要对其事迹进行删减和批评。

相比于《旧五代史》原本的大体量，《新五代史》堪称删繁就简的写作。欧阳修以一己之力来著史，天然存在搜集史料、撰写史书上的困难。因此，《新五代史》的内容更加精简，语言更为简洁，还有不少微言大义的内容，堪称春秋笔法。

众所周知，五代之乱，始于唐末乱局，但最关键的一环是朱温灭唐。自安史之乱后，唐朝就开始走向衰落，但体量如此巨大的王朝，衰落的时间也是异常漫长的。到了晚唐时，各地军阀早已不听皇帝的调遣，这也给了黄巢、朱温等来自底层的起义军领袖彻底翻身的机会。朱温就是在这个乱局中搏杀出来的枭雄，不论以当时的观念还是后世的眼光来看，朱温其人其行，实在算不上光明磊落。但在传统道德观念彻底崩坏的乱世里，朱温这样的人却能不断逆风翻盘，直至夺取唐朝的天命。

《旧五代史》叙述朱温发迹的历史，与之前那些官修正史喜欢美化开国皇帝一样，对其出身和能力，有着非常离谱的吹嘘。《旧五代史》说朱温出生时，“所居庐舍之上有赤气上腾”，他家房子上显出奇异之象。少年朱温堪称顽劣之徒，因为家境贫困，他不得不在地主刘崇家干活，靠出卖体力为生。但《旧五代史》还是不“放过”对朱温的神化，借助刘崇母亲的话，说朱温“非常人也，汝辈当善待之”，又说有次看见朱温在睡觉的时候，他的身体变成了一条红色的大蛇。显然，这种描述纯属对帝王的刻意神化，是佐证其获得天命的所谓“合理性”。但这样的叙事，在古代确实能让很多人信以为真，即便是出身低微、野蛮粗鲁的朱温，也能披上这层闪着金光的“外衣”。

讲起朱温的故事，欧阳修虽然同为古人，却没有薛居正那么“客气”。他直接删去了上述所有关于朱温奇人异象的内容，还十分辛辣地指出“温尤凶悍”——相比他温文尔雅的大哥朱全昱，朱温简直就是凶神恶煞般的存在。

《旧五代史》用了整整七卷来写朱温的历史，是为《太祖本纪》，尤其是朱温建立后梁之后的每年每月发生的事情，都尽量详尽地记录下来。但欧阳修大笔一挥，直接把这段历史压缩在短短两卷之内，删去了很多他认为过于烦琐的内容。而且，欧阳修还留出史论的篇幅，对朱

温进行深刻的批评："呜呼，天下之恶梁久矣！自后唐以来，皆以为伪也。"说白了，欧阳修压根不承认后梁的合法性。在欧阳修等文人看来，朱温及其建立的后梁，只能用一个"伪"字来称呼。欧阳修这样写的出发点，是基于内心的道义感，按照儒家礼法观念，认为朱温是人伦和社会秩序的破坏者，指出朱温并不是值得人们推崇的成功者，而是个人和家庭的失败者。朱温虽然成功灭掉唐朝，建立了后梁政权，却始终没改掉残暴荒淫的缺点，以至于祸起萧墙，最后竟然被儿子朱友珪杀掉了。

在欧阳修的心中，匪气十足的朱温，即便当上了皇帝，也是一副混世魔王的面孔。朱温就是打开五代十国乱局的潘多拉魔盒的混世魔王，但他没有能力收场，以至于天下乱战几十年。欧阳修想起这段历史，就感到十分痛心，不仅是因为民不聊生、生灵涂炭，也是因为像他这样的儒家君子心中的道义感和秩序感，在乱世几乎荡然无存。

绝大多数人在乱世里上下沉浮，钻营者和叛逆者不计其数，真正秉持内心良知的人却十分罕见。欧阳修就是要为这些难得的君子树碑立传，哪怕他们生前是不起眼的小人物，也足以进入《新五代史》的列传了。

守护良知，鞭挞无道

《新五代史》里有一篇《一行传》，专门记录在乱世里洁身自好的君子的故事。欧阳修先发了一段感慨：

当此之时，臣弑其君，子弑其父，而搢绅之士安其禄而立其朝，充然无复廉耻之色者皆是也。吾以谓自古忠臣义士多出于乱世，而怪当时可道者何少也，岂果无其人哉？虽曰干戈兴，学校废，而礼义衰，风俗隳坏，至于如此，然自古天下未尝无人也，吾意必有洁身自负之士，嫉

世远去而不可见者。自古材贤有韫于中而不见于外，或穷居陋巷，委身草莽，虽颜子之行，不遇仲尼而名不彰，况世变多故，而君子道消之时乎！吾又以谓必有负材能，修节义，而沉沦于下，泯没而无闻者。求之传记，而乱世崩离，文字残缺，不可复得，然仅得者四五人而已。

在欧阳修看来，五代十国是个混乱和荒唐的时期，要做君子，就更难了。翻遍关于这一时期的史书，竟然只有五六个洁身自好的人。这样说看似偏激，但考虑到当时能够有名声和地位的人很难在“逆淘汰”的乱世机制里混出名堂，而欧阳修再从中找几个典型人物，最后只选出五六个人，也未必是夸张之辞。欧阳修推崇的几位君子，包括郑遨、石

欧阳修像

昂、程福赟、李自伦。他们或是大贤大孝之人，能够在诱惑面前保持节操，或是品行高洁之士，宁可辞官归隐，也不愿趋炎附势，为五斗米折腰。比如李自伦，是个乡间绅士，以孝义著称。在人伦颠倒的五代乱世，他竟然能做到六代人和睦地生活在一起，史称“六世同居不妄”。欧阳修对此不禁发出感慨和赞美：“五代之乱，君不君，臣不臣，父不父，子不子，至于兄弟、夫妇人伦之际，无不大坏，而天理几乎其灭矣。于此之时，能以孝悌自修于一乡，而风行于天下者，犹或有之，然其事迹不著，而无可纪次，独其名氏或因见于书者，吾亦不敢没，而其略可录者，吾得一人焉，曰李自伦。”

《新五代史》里不少列传打破了政权和官职的限制，按照人物的品性、特质来分类，这倒是有点像司马迁在《史记》中的分类方法——刺客、酷吏、佞幸、游侠等都有专门的列传。只不过，欧阳修的分类结果，则是一行、死节、死事、伶官等列传。比如著名的《伶官列传》，表面上看，是写伶官（古代宫廷里的戏子），实际上是在分析后唐的衰败原因。他开篇还是先感慨：“呜呼，盛衰之理，虽曰天命，岂非人事哉！原庄宗之所以得天下，与其所以失之者，可以知之矣。”——后唐庄宗李存勖，继承李克用的遗志，建立后唐政权，一时风头无两。但是，李存勖在事业巅峰之时，没能继续开创伟业，一统天下，反而耽于享乐，沉溺于宫中伶官的戏剧表演，甚至忘记了自己的身份，还要跟戏子混在一起，给自己起了个艺名，叫“李天下”。更离谱的是，李存勖非常宠幸伶官，景进等伶人竟然都被提拔为朝中大臣。李存勖不得民心，最终从巅峰坠入谷底，兵败身死。

欧阳修之所以不厌其烦地“呜呼”，以及对《旧五代史》中各种烦琐史料进行删减，就是要让五代十国的历史，成为北宋朝廷的镜鉴，从前朝败亡的历史中吸取教训，让帝王变得仁义、守秩序，百姓由此才能安居乐业。或许正是这样的著史心理，才让《新五代史》即便面对诸多争议时，依然有不可撼动的历史地位。在读书人心中，它与《史记》的笔法有颇多令人共鸣之处，因为这样的史书不再是冰冷史料的堆砌，而是在光明与黑暗中不断演进的鲜活生命。

“正统”之外：西夏史为何不入《二十四史》

古代关于西夏的史书，有清代史学家吴广成写的《西夏书事》、张鉴写的《西夏纪事本末》等经典著作，但西夏作为与宋、辽、金同期的重要政权，却没有一套后世的官修正史，“二十四史”里也没有西夏史，这不能不说是个遗憾。

西夏虽然地处西北，但毕竟存续时间很长，从公元 1038 年李元昊称帝建国，到公元 1227 年蒙古灭亡西夏，国祚长达 189 年。稍作统计就会发现，西夏比北宋、南宋、金朝享国时间都长，仅次于辽朝，而且西夏国祚的 189 年，还不包括李元昊立国之前李继迁、李德明两代人的掌权时间。

官方出面给前朝编撰史书，算是中国古代不成文的“惯例”，修史的依据，往往是前朝留下的实录、档案，以及一些读书人撰写的笔记、诗文，有些比较懒惰的做法是直接把前朝宫廷密档搬出来，稍作修改，就成了官修正史。那些在短短两三年内就编撰完成的史书，大多就是这样“操作”的。但西夏史连这个“待遇”都没享受到，因为在元朝准备编撰前朝史书时，曾为宋、辽、金何为正统而考虑了很久，却唯独没有将西夏列为正史的编撰对象。

这不仅是因为西夏地小人少，更重要的因素是西夏在灭亡时遭到了毁灭性的打击，不仅国民惨遭屠杀，而且以西夏文为载体的大量书籍、材料也都被焚毁，甚至连西夏王陵都遭到泄愤式破坏。在蒙古帝国的铁骑之下，西夏的一切文字资料几乎都被彻底抹去，只有极少数西夏人幸运地存活下来，并流散到其他地区。作为一个独立完整之文明的西夏，就这样在地球上永远消失了。

西夏曾经在夹缝中生存，与宋、辽、金有战有和，也曾努力汉化，学习儒学，在夏仁宗时实现社会稳定与发展，甚至一度出现短暂的盛世，但这一切在蒙古崛起后被终结了。公元 1206 年，成吉思汗创建蒙古国，蒙古实力大增，整个东亚都笼罩在战争的阴影里，当时金朝与蒙古有世仇，于是西夏选择联合金朝对抗蒙古。成吉思汗很难一口吞下金朝，却发现西夏相对弱小，便频繁侵入西夏领土，前后发起了三四次伐夏战争。

西夏人一开始还以为成吉思汗只是为了抢占一些金银财宝，还想通过缓和的手段来对抗蒙古，但他们很快发现，蒙古人就是要灭掉西夏。

西夏王陵出土的瓦当

如此一来，双方之间的战争就变得非常惨烈了，最后蒙古从西到东、沿着河西走廊攻打西夏城池的时候，甚至采取了非常可怕的屠城手段，但西夏人也十分刚烈，除了少数人投降，多数守城将士都奋勇抵抗。但蒙古军实力实在太过强悍，西夏国力难以抵挡，最终惨遭灭国。虽然西夏最终选择投降，但成吉思汗在战争结束前夕去世，根据其意愿，蒙古军杀掉了投降的西夏国主与贵族们，并毁掉了西夏都城中兴府的大多数建筑设施。

其实，西夏的历史在官修正史《宋史》里有专章记录——《宋史》除了有宋朝的历史，也有宋朝周围一些重要政权的历史，被归入“外国”传记之列。西夏是《宋史》记录的第一个“外国”，与之并列的还有高丽、大理、交趾、占城、真腊、吐蕃、高昌，甚至连天竺、大食都有。由此可见，在当时的学者眼中，西夏就是个独立的外域异族政权，根本不具备宋朝的“正统性”。

远望荒凉的西夏王陵

《宋史·夏国传》对西夏历史的记述很简略，尤其是西夏末年的历史，更是一笔带过。蒙古征伐并攻灭西夏的惨烈历史，在《宋史》里就一句话："清平郡王之子南平王晛立，二年丁亥秋，为大元所取，国遂亡。"史书上如此只言片语的背后，有时竟是千万人的生死，其中的悲欢离合与跌宕起伏，如果没有更充分史料的记录，也就只能随着时间流逝而烟消云散了。

13世纪，在东亚和中亚，蒙古帝国先后灭掉了西辽、花刺子模、西夏、金、吐蕃、大理、南宋等国，西夏堪称其中被破坏最严重者之一，到了元朝末年编撰前朝史书时，学者们能看到的西夏史料非常少，它们散落在其他国家的史书里，甚至只有只言片语。即便当时有学者想写西夏史，也处于"巧妇难为无米之炊"的尴尬状态。直到现在，学者研究西夏史，也需要依赖大量考古发掘的信息。

元明“天命”之争：朱元璋修撰《元史》之谜

元朝至正二十八年闰七月二十八日（1368年9月10日），对中国历史来说，是非同寻常的一天。当日，徐达率领明军攻入元大都，元顺帝带着太子与一些妃子、宠臣，趁着混乱，仓皇北逃。至此，元朝在中原的统治正式结束，朱元璋从元顺帝手中夺过天命，成为华夏大地的新统治者。第二年，朱元璋就催促手下赶紧修撰《元史》，前后最多一年时间，这部位列“二十四史”之一的巨著就完成了。朱元璋为何这么着急修撰《元史》呢？

官方定调，争夺民心

朱元璋能够由南向北征战，驱赶元顺帝，进而一统天下，实属不易。他的成功，离不开元末乱世的大背景，元朝皇帝的权威被各地军阀和造反者削弱了很多，元顺帝身为皇帝，其实也无力掌控全国局势了。

元顺帝在继位之时，元朝多地已经出现反抗势力，他虽然执政时间长达37年（含北元时期的2年），但实际上没过几天平静的日子，到了其统治后期，天下群雄并起，红巾军席卷南北，元朝不可避免地走向灭亡了。

虽然朱元璋成功定都南京，攻占元大都，建立了明朝，但当时中国还有很多地方，仍不在自己手里，有的地方还是元朝藩王的控制区域，比如云南就是忽必烈的玄孙的地盘，而在四川，同样是造反起家的明玉珍，建立了明夏政权。在西域、西藏等地，也有元朝的势力。更不用说，元顺帝退回蒙古草原，仍然掌控着大量土地、人口，军事力量和影响力不容小觑。而放眼世界，蒙古帝国分裂后的几个汗国，金帐汗国与东察合台汗国还在，成吉思汗的后代在欧亚大陆上还有很多统治区域。以上种种，都让朱元璋无法松懈，难以安心，而他更担心的是，人们不承认他统治的合法性，不认可明朝的正统性。

当时元顺帝与其他拥护元朝的势力，还在使用“大元”这个国号，很多人尤其是北方的老百姓，还不适应、不认同“大明”这个新政权。在很多知识分子眼中，朱元璋的“草台班子”未必真的能站稳脚跟，是否要跟大明朝廷合作，还有待观察。

朱元璋要想真正废掉元朝的正统性，就需要从理论上宣告元朝的灭亡。可以说，朱元璋下令编撰《元史》，主要是从政治上考虑的，学术

位于今天内蒙古正蓝旗的元上都遗址

性倒是次要的。因此，朱元璋下旨："近克元都，得十三朝实录，元虽亡国，事当记载，况史记成败，示劝惩，不可废也。自古有天下、国家者，行事见于当时，是非公于后世。务直述其事，毋溢美，毋隐恶，庶合公论，以垂鉴戒。"这段话是典型的政治说辞。虽然朱元璋表面上说出了一番"以史为鉴"和"不溢美，不隐恶"的道理，实际上就是要告诉天下臣民：元朝已经灭亡了，元顺帝已经不再是皇帝了，明朝取代元朝，就像之前的元朝取代宋朝一样，是中国历史的朝代更迭。不要再想着元顺帝能回到中原，元朝已经成为历史了。

从《元实录》到《元史》

虽然《元史》论述了明朝继承元朝的正统性，也帮助朱元璋赢得了一些知识分子的支持，但《元史》中确实有一些低级错误，也让人们看到了朱元璋内心的急切与不安全感。

《元史》写错人名、地名，或者将同一个人写成两个人的情况，实在让后世史学家"无力吐槽"。比如，成吉思汗麾下大将速不台的生平事迹，已经记录在《列传第八》里了，但就在下一卷《列传第九》里，他又出现了，还换了个译名，叫雪不台。《速不台传》的记录要比《雪不台传》详细很多，但仍有不少差别。可能是计算误差，前者记录他活到了72岁，后者说他活到了73岁。更离谱的是，明明是在朱元璋眼皮底下修撰的《元史》，竟然出现了称呼朱元璋为"贼"的文字，而且竟然没被看出来，这一错误保留至今。在《元史・列传第二十五》记录元末名臣脱脱的小传里，有这样一段话："十四年，张士诚据高邮，屡招谕之不降，诏脱脱总制诸王诸省军讨之……十一月，至高邮。辛未至乙酉，连战皆捷。分遣兵平六合，贼势大蹙。俄有诏罪其老师费财，以河南行省左丞相太不花、中书平章政事月阔察儿、知枢密院事雪雪代将其兵，削其官爵，安置淮安。”显然，这是从元朝统治者的视角看元军与起义军的叙事，写到六合之战时，直接说“贼势大蹙”，后来脱脱就被罢官了。要命的是，当时在六合跟脱脱作战的正是朱元璋率领的军队，这里直接把朱元璋跟其他起义军领袖混为一谈了。或许是朱元璋和当时的读书人对《元史》读得不认真，或许有人看出问题了，却不敢指出错误，以至于这一谬误流传至后世。明末文人钱谦益在讲述元末明初农民起义故事的《国初群雄事略》一书中，也毫无修改地写下“辛未至乙酉，连战皆捷。分遣兵平六合，贼势大蹙……”这句话，继续传播了《元史》里这处荒唐的错误。细读《元史》，还有不少鲁鱼亥豕之谬，这跟其修撰过程的仓促有很大关系。

明朝修撰《元史》的时间特别短，几乎是“二十四史”里诞生最快的一部，从朱元璋下令修撰到完工，也就一年的时间。而且，在如此短的时间里，还换过修撰班子。有关这件事的细节，记载于《明史·文苑列传》。这篇列传里有很多文人的小传，其中就包括一个叫赵埙的读书人。在记录此人的文字里，隐藏着这样一段话，列出了《元史》写作班子的全名单：

洪武二年，太祖诏修《元史》，命左丞相李善长为监修官，前起居注宋濂、漳州府通判王袆为总裁官，征山林遗逸之士汪克宽、胡翰、宋僖、陶凯、陈基、曾鲁、高启、赵汸、张文海、徐尊生、黄篪、傅恕、王锜、傅著、谢徽为纂修官，而埙与焉……明年二月还朝，重开史局，仍以宋濂、王袆为总裁，征四方文学士朱右、贝琼、朱廉、王彝、张孟兼、高逊志、李懋、李汶、张宣、张简、杜寅、殷弼、俞寅及埙为纂修官。先后纂修三十人，两局并与者，埙一人而已。

虽然李善长的名字在最前面，但他实际上只是挂名监修，真正的编撰主力是宋濂和王祎。此二人带领汪克宽、赵埙等人，先根据《元实录》和《经世大典》，把元朝的基本史实与政务情况搞清楚了，并结合上述资料，大致编撰了除元顺帝之外的元朝历史。

为什么没有元顺帝的历史呢？原因很简单：当时元顺帝刚刚从元大都逃回草原，元朝自己还没来得及修实录。因此，朱元璋让欧阳佑持派人去各地又收集了一些元顺帝时期的史料，交给修撰小组，开启了第二轮修书。这一轮修书的主持者还是宋濂和王祎，但下属班子换人了，除了前面提到的赵埙，其他人马都换了。之所以《明史》要把《元史》修撰名单放在赵埙这个名不见经传的人物传记里，大概是因为他是唯一同时参与两轮编修工作的纂修官。

这其中有个十分重要的细节：元顺帝没有实录，所以《元史》修撰相关内容时，花了很大的工夫，甚至占用了将近一半的时间。与之形成鲜明对比的是：元朝前面的“十三朝”的历史，修撰速度极快，几个月就完成了。这说明，修撰者基本上就是照着《元实录》和《经世大典》里的史料做了简单的梳理和抄写，并没有花费时间和精力去认真考证，去伪存真，以至于后世学者经常吐槽这部史书，其中最有名的批评者，就是清朝乾嘉学派的代表人物钱大昕。他有一句“名言”，可以代表后世学者对《元史》粗制滥造问题的不满：“古今史成之速，未有如《元史》者；而文之陋劣，亦无如《元史》者。”

因为《元史》修撰者不认真，水平也不高，后世在研读元朝历史时，还得结合其他史料来看。对此，清朝乾隆年间的学者汪辉祖写了一本《元史本证》，指出《元史》里的3700多处错误，而晚清史学家柯劭忞写了一部《新元史》，弥补了《元史》的不少遗憾。

《元史》虽然有很多问题，但有一点很难得：它保留了大量元朝的

第一手史料，尤其在元朝十三朝皇帝的实录全部失传的情况下，其保留下来的史料，就显得十分珍贵了。

其实，实录是后世撰写前朝正史时参考的最重要的资料之一，一旦实录丢失，要了解历史就非常困难了，而一旦实录不能流传后世，正史的大量内容也就成了孤立的史料，难以被证实，也难以被证伪。遗憾的是，保留至今的古代实录非常少。根据史书的记载，最早的实录应该出现在梁武帝时期，当时有本书叫作《梁皇帝实录》，记录的就是梁武帝萧衍时期的历史。这本书早就失传了，留存至今最早的实录，是《唐顺宗实录》。之所以后世有幸保留了其 5 卷内容，主要是因为它出自唐朝著名文人韩愈之手，并被编入了韩愈的文集，便幸运地随着韩愈的大名而流传至今。但其他的实录就没这么好的运气了，大多数实录在王朝灭亡时，就被销毁了，还有的随着战乱而散落民间，不知去向。

除了《唐顺宗实录》，保留至今的还有《周世宗实录》《宋太宗实录》的残卷，以及明清历代皇帝的实录。元朝的实录，本来都保留在元大都的皇宫里，徐达攻破元大都后，便将这批宝贵的史料运到南京，供宋濂、王祎等人使用。而离奇的是，就在《元史》编修完成后不久，卷帙浩繁的元朝十三朝实录就突然消失了。到底是被朱元璋销毁了，还是因为保存不当而失传了，这恐怕是永远的谜团了。

值得一提的是，实录并非记录前朝历史最原始的史料。最接近历史真相的史料，应该是起居注，它是皇帝在世时，由史官专门记录的信息，大多是皇帝处理政事的内容。而实录实际上是后任皇帝根据起居注和各种奏章、文件来修撰的前朝皇帝的史书，比如元成宗铁穆耳，一口气修了前面五个皇帝——太祖铁木真、太宗窝阔台、定宗贵由、宪宗蒙哥、世祖忽必烈的实录。

大多数情况下，连实录都已失传，至于起居注，要么在当时没修，

要么早就化为尘埃了。最早的起居注，可能出现在汉武帝时期，而流传至今的起居注，最早的是唐高祖时期的《大唐创业起居注》，另外明清时期也有几部起居注流传下来了，比如《万历起居注》的可读性就很强。不论是起居注还是实录，都是后世了解历史的重要资料，可惜元朝朝廷留给后世的史料实在太少，今天的我们只能从《元史》的只言片语里寻找隐藏的真相了。

散佚的百科全书:《永乐大典》的诞生与失踪

说起古典文献的保护，或许不少人会留意到，《永乐大典》高清影像数据库已在2023年年初正式上线，在相应的网站上，任何人都可以自由浏览现存《永乐大典》的部分内容。这不仅有助于古籍知识的普及，更可通过网络化与数据化的形式，将珍贵的历史典籍进行持久的保存与传播。

纵观中国古典文献史，最令人痛心的就是所谓的“十厄”，每到改朝换代或中原战乱之际，皇家与民间珍藏的古籍，就会遭到灭顶之灾。在毁灭之后重建，在重建之后又逢战火，周而复始，循环往复，以至于越古老的朝代，流传下来的书籍越少。从唐宋时期开始，越来越多的读书人意识到这一问题，并通过编修大型丛书、类书来保存既有的文献。明朝永乐年间编修的《永乐大典》，被誉为“中国古代的百科全书”，收纳了明朝之前大量珍贵的文献——不仅是文史哲方面的资料，天文地理、三教九流更是无所不包。但与之前绝大多数古籍的命运一样，《永乐大典》的多数内容已经散佚，有的或许还隐藏在某个隐秘的角落里，有的恐怕已从世界上永远消失了。

一波三折的诞生过程

虽然《永乐大典》是在明成祖朱棣的永乐年间完成的，但实际上，早在明太祖朱元璋的洪武年间，编修大典的工作就已经开始了。从可考的历史来看，最早提出编修大典的人，是当时号称“神童”、后来成为明代首位内阁首辅的才子解缙。据《明史》记载，有一次他向朱元璋进言，表达了修撰一部大型图书的想法：“陛下若喜其便于检阅，则愿集一二志士儒英，臣请得执笔随其后，上溯唐、虞、夏、商、周、孔，下及关、闽、濂、洛。根实精明，随事类别，勒成一经，上接经史，岂非太平制作之一端欤？”

解缙的愿望是很美好的，他觉得朱元璋需要一部可以随时查阅的百科全书，记录天下万物信息的资料库，不论是上古圣贤，还是宋代理学思想的代表人物（“濂洛关闽”乃周敦颐、程颐、程颢、张载、朱熹等理学代表人物的合称），其思想与学说都能被随意检阅。至于编修这部书的目标，则是让皇帝满意。这类百科全书的主要阅读者，并不是翰林学士，更不是寻常百姓，事实上绝大多数人根本没有机会看到这类皇家读物，它深藏于宫中，颇有神秘色彩。朱元璋很明白解缙的心思，便让他着手去做，但出于种种原因，解缙的精力一直被其他事情占据，编修大典的事，也就暂时搁置了。

直到靖难之役后，朱棣登上皇位，改元“永乐”，才重新开启大典的编修工作。永乐元年，朱棣下旨，让解缙率领团队，编修大典，而且要求很明确：“凡书契以来经史子集百家之书，至于天文、地志、阴阳、医卜、僧道、技艺之言，备辑为一书，毋厌浩繁。”简而言之，就是编修一部包罗万象的百科全书，而且要以类书的形式来呈现。

这里需要说明的是，《永乐大典》这种类书与后来清代的《四库全

书》等丛书不同，类书并不是简单地把一堆古籍资料放在一起，整理成套，而是根据一个关键字作为索引，从一些古籍里寻章摘句，将同类的信息放在一个名目之下，有点像今天搜索引擎里的关键字搜索。类书的好处，在于让读者可以更简便地查到想看的内容，由此还能保存很多珍贵的文献，一些被焚毁的古书的内容也可能因为有些章句被辑录在类书里，得以保存下来。事实上，确实有一些学者根据《永乐大典》等类书，辑佚出相对完整的古书。在古代，这门学问叫作“辑佚学”，非常考验学者的知识储备。比如，早就失踪的《旧五代史》就是清代史学家邵晋涵从《永乐大典》等书中辑佚出来的，若非如此，就没有今天我们看到的完整的《二十四史》了。

虽然类书便于读者阅读，但它对编修者的要求很高，不能简单地搞古籍的“排列组合”，而要真的能将自己掌握的资料融会贯通。解缙虽然很有学问，而且参与编修的人员很多，但当时朱棣刚即位，很多事情千头万绪，解缙又被很多事务分散了精力，所以初稿的编修工作并不顺利。或许是由于完工心切，短短一年后，解缙就上交了大典的初稿，命名为《文献大成》，但朱棣看后，并不满意。朱棣认为大典并不完备，便要求重修，还指派太子少师姚广孝与礼部尚书郑赐，协助解缙一同工作。他们三人组成了新的大典编修小组的领导班子，作为监修，共同负责。这一次，既有皇帝的严格要求和高度重视，又有足够的时间和精力，于是经过四年的艰辛努力，大典终于在永乐五年完成了。

朱棣看后，十分高兴，他为大典写了一篇洋洋洒洒的序言，其中历数古代文献之精华，从伏羲轩辕，讲到尧舜禹汤，又从周公孔圣，写到汉代儒学……很有一股“继往圣之绝学”的气魄。当然，朱棣主要从统治者的角度看待这种“盛世著书”之事，而且越是“包罗万象”的百科全书，越能满足他好大喜功的心理。朱棣对这部书可以通过“韵”来查

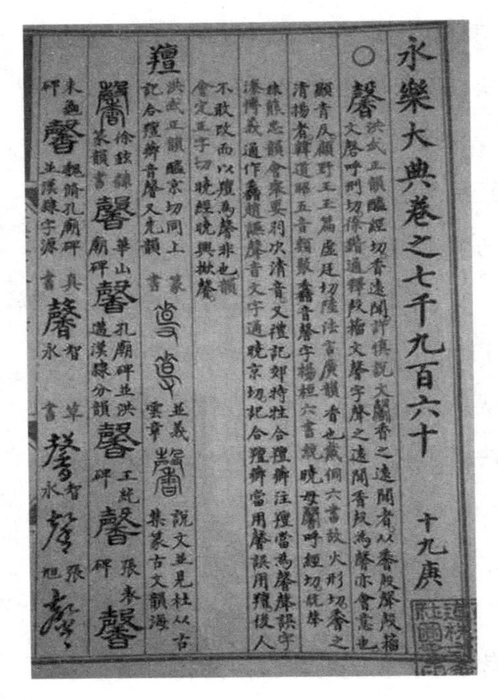
永樂大典卷之七千九百六十　十九庚

○馨 洪武正韻醯經切香遠聞許慎說文馨香之遠聞者从香殸聲殸籀文磬呼刑切徐鍇通釋殸籀文磬字聲之遠聞香殸為馨亦會意也

《永乐大典》影印本书影

询内容的设置，也颇为得意："盖网罗无遗，以存考索。使观者因韵以求字，因字以考事，自源徂流，如射中鹄，开卷而无所隐。始于元年之秋，而成于六年之冬，总二万二千九百三十七卷，名之曰：《永乐大典》。"

随意翻看《永乐大典》，都能发现不少隐秘的历史线索。比如，第 3518 卷的关键字是"门"，开篇就介绍了历史上各种各样的"门"，以及颜真卿、黄庭坚、米芾等书法家笔下各种"门"的写法。换言之，《永乐大典》里不仅有文字资料，还有图，可谓图文并茂。而在这一卷搜集的"门"里，有一个"秦磁石门"，这就对传说中的阿房宫磁石门的史料做了比较清晰的整理："《太平寰宇记》：咸阳县有磁石门，在县东南一十五里，东西有阁道，即阿房宫之北门也。累磁石为之，着铁甲入者，磁石吸之不得过，羌胡以为神。《西京记》：秦阿房宫以磁石为门，怀刃入者辄止之”。仅仅这一段话里，就有几部典籍的名字，《太平寰宇记》是宋代地理著作，可惜有一些内容散佚了，《西京记》是唐代史学家韦述写的《两京新记》中“西京”长安的部分——“西京”长安与“东都”洛阳相对，是隋唐文人眼中的两京，但此书多数内容已经散佚，部分内容记载于宋代大型类书《太平御览》中，到了《永乐大典》这里再次得到记录，才算把这条史料保存下来了。

这些古籍里的信息，不仅在当时不被人熟知，即便在今天，我们对于这类史料也缺乏深入研究。它们如同隐藏在浩瀚历史长河中的宝石，被长期掩盖在烟雨水雾之下，只有在俯下身子、潜心观察它们的时候，才能发现它们的魅力。

大典的隐匿与消失

《永乐大典》连同目录在内一共 22937 卷，多达 3.7 亿字，十分可惜的是，保存至今的不到 800 卷。而在很久之前，《永乐大典》的多数内容，就已经下落不明了，成了古典文献史上的一大谜团。

大典编修完成后，就一直存放在南京的文渊阁，直到朱棣迁都北京，才将其运至北京皇宫中。朱棣如此热心修书，他到底有没有认真读过《永乐大典》呢？就目前的史料来看，朱棣和此后多位明朝皇帝，或许是出于事务繁忙，或许是没兴趣细看，总之，没有关于他们细读大典的记录，只有明孝宗朱祐樘为了寻求长生之道，才想起《永乐大典》，并从里面寻找医学方面的记载，给太医查看。

在此之前，《永乐大典》被冷落与遗忘的命运，已经开启了。公元 1449 年，也就是明朝正统十四年，发生了震惊天下的土木堡之变。明朝强盛的国运，被这一具有象征意味的失败事件打破了，而在远离塞北的旧都南京，则遭遇了一场大火，文渊阁收藏的包括编修《永乐大

典》所需的原始资料在内的大量图书被焚毁。换言之，《永乐大典》成了“孤本”，它不能再消失了，否则前人的心血就白费了。然而，《永乐大典》还是在嘉靖三十六年（公元1557年）遭遇了一次命运的坎坷，宫中大火差点烧到保存大典的地方，嘉靖皇帝终于意识到这一问题的严重性，这才有了未雨绸缪的想法。他命令内阁首辅高拱带领一个重录团队，原封不动地将《永乐大典》誊写了一遍。由于嘉靖皇帝对这项工作的要求很高，重录人员花了整整六年的时间，才让大典有了副本，是为“嘉靖副本”。

后世能看到的《永乐大典》，基本上都是“嘉靖副本”，而永乐年间编修的“正本”，则在历史长河中莫名其妙地消失了。对此，史学界最常见的两种说法：一种是“陪葬说”，另一种是“皇史宬夹墙说”。

古籍专家张忱石在很早之前就提出，嘉靖皇帝很喜欢《永乐大典》，而重录副本完成之时，正好与他驾崩时间差不多，不排除“正本”陪葬嘉靖帝的可能性。这背后的逻辑是：既然已经有“嘉靖副本”流传于世，就不担心它消失了，而皇帝在另一个世界，能有心爱的著作为伴，也未尝不可。但这一猜测的问题在于缺乏足够的史料支持，虽然看似合乎情理，但在嘉靖皇帝的永陵被发掘之前，我们无法确知问题的答案。而现在的考古，不可能去主动开挖帝陵，除非是特殊的“抢救性发掘”。因此，我们在未来很长的时间里，恐怕都无法验证这一猜测的真实性。

还有一个可能性较大的答案，是史学家王仲荦给出的，他认为《永乐大典》可能藏在明清两代的皇家档案馆——皇史宬的夹墙里。这很容易让人想到历史上的鲁壁藏书事件——秦始皇焚书时，孔子后代孔鲋为了保存儒家经典，就将《论语》《尚书》等书藏在孔子老宅的墙壁里，直到汉武帝时，鲁恭王发现这批藏书，才使之重见天日，这也是“古文经”的由来，由此产生的“古文经学”与“今文经学”（由战国到秦汉

的老儒凭借记忆、口耳相传的儒家经典，形成了“今文经学”）的论争持续了很久。这种古建筑墙壁中藏有什么古书秘籍的“故事”，似乎不难引人联想，确实也很有“诱惑力”。但这种猜测的问题同样在于它缺乏足够的史料支持，也就只能是一种可能性而已。

《永乐大典》的“嘉靖副本”，在明朝灭亡之前，一直比较安全地存放在皇史宬里——这个皇家档案馆，始建于嘉靖十三年（公元1534年），后来经过历代修缮，保存了大量珍贵的历史文献。但在明清易代时，皇史宬里的《永乐大典》，还是遗失了不少。在乾隆年间编修《四库全书》时，“嘉靖副本”缺失的就更多了，而清朝后期政治疲敝，宫中书籍不断被盗，甚至还有官吏监守自盗，以借阅回家的名义，将一册册的图书带到外面，或为私藏，或卖给商贩。到了清末，“嘉靖副本”的流失问题更加严重，或毁于战火，或被殖民者抢掠，留下了巨大的遗憾。如今，可以见到的“嘉靖副本”，大多收藏于国家图书馆，还有一些藏于海外；而《永乐大典》“正本”的下落，至今仍是一个巨大的谜团。

争夺对“忠义”的阐释权：乾隆编撰《贰臣传》的背后

为曾经的敌人树碑立传，似乎并不符合常见的“政治操作”，但它却在清朝乾隆年间成为现实。乾隆四十一年（公元1776年），乾隆皇帝下旨修撰《钦定胜朝殉节诸臣录》。这个名录上的绝大多数是在明清易代中坚守忠义、为明朝殉节的英烈。历史上这些殉明之人，大多生前是明朝的知识分子和将领，他们有的曾经试图力挽狂澜，与清军顽强对抗，最后壮烈殉国；有的虽然战绩平平、能力不足，却有忠肝义胆，在国家破败之时，以自尽乃至举家殉节的方式，表达自己宁死不降的决心。

在明清易代之时，虽然有不少殉明者，但选择隐逸的人也不少，还有更多的人为了生存下去，投降清朝，甚至在清廷出任重要官职，为清军攻灭南明出谋划策。从当时的获利角度来看，清朝当然应该感谢那些转投清朝的明朝官员与将领，但等到清廷已经完全掌控整个国家后，其统治者却越发不满那些贰臣的不忠行为。到了自诩为“十全老人”、志得意满的乾隆这里，明朝降臣们的表现简直令人发指了。为了形成鲜明对比，乾隆皇帝在下旨编撰《钦定胜朝殉节诸臣录》后，便雷厉风行地

要求下属编出一本《钦定国史贰臣表传》，也就是后世所称的《贰臣传》。

乾隆皇帝推出《贰臣传》的目的非常明确——如果说有什么计谋的话，只能说是“阳谋”：“朕思此等大节有亏之人，不能念其建有勋绩，谅于生前；亦不能因其尚有后人，原于既死。今为准情酌理，自应于国史内另立《贰臣传》一门，将诸臣仕明及仕本朝名事迹，据实直书，使不能纤微隐饰，即所谓虽孝子慈孙百世不能改者……”

《贰臣传》分为甲乙两编，甲编里的明朝降臣，虽然对明朝不够忠心，却在降清后对清朝忠诚不渝，为清朝的统治立下汗马功劳，对这些人，乾隆皇帝还是相对认可的。而进入乙编者，不仅在忠义品行上有污点，而且降清之后也无建树，对明清两朝统治者都不能尽心辅佐，只想着自己的那点蝇头小利，这些是乾隆皇帝着重批评的对象。

洪承畴堪称《贰臣传》甲编里最有名的人之一。他一度是明朝在军事上的“顶梁柱”，是崇祯朝的兵部尚书，是清军的劲敌。但是，洪承畴后来在战败后投降清朝，给明朝造成了沉重打击，他辅佐清廷攻城略地，建功立业，并推崇儒学，帮助清廷在汉地站稳脚跟，后来一直做到清朝的武英殿大学士。洪承畴在明清两朝做官都做到了极致，也是当时名震天下的风云人物。乾隆将洪承畴放入《贰臣传》，看似是在批评他，实际上他是一个足够“安全”的典型案例，让人们看到“一身事二主”的后果：即便是清朝曾经的宠臣洪承畴，也被贴上“贰臣”的标签。但是，洪承畴的历史地位又是很稳固的，他对清朝的功勋，乾隆皇帝自然也是非常清楚的。从某种意义上讲，洪承畴是清廷用来巩固统治和强化话语权的符号，是一个在死后也能被搬出来教化民众的“工具人”，乾隆皇帝对这样的历史人物，是格外“放心”的，这也侧面佐证了洪承畴对清朝的忠诚。

像洪承畴这样对清朝很忠诚的原明朝官员，在《贰臣传》甲编里还

乾隆皇帝朝服像

有很多，比如曾做过明朝的四川巡抚、后成为清朝刑部尚书的李化熙，曾做过明朝的顺天巡抚、后成为清朝光禄大夫的宋权。他们在今天的知名度或许不高，但在明清易代那个特殊历史时期，都是大名鼎鼎的人物。崇祯皇帝要倚仗他们挽救明朝的颓势，但在种种因素之下，他们都抛弃明朝，投降清朝，并对清廷再无异心。对于甲编里的这些人，乾隆皇帝并没有过分地批评，但乙编里的人物，则成了当时官方定调的“主流舆论”里的反派了。比如钱谦益、金之俊、陈名夏、陈之龙、孙可望、龚鼎孳、吴伟业等人，虽然他们有人文采斐然，在诗文领域的造诣享誉后世，但在明清易代时的表现，实在算不上忠勇，甚至斯文扫地。乾隆皇帝对于这些虽然降清却对清朝也不够忠诚的人，自然是看不上眼

的，便将他们集中列入《贰臣传》的乙编，与甲编的贰臣们形成对比。

当然，还有一类人，虽然在明清易代之际表现极差，丧权辱格之事颇多，但因其没“熬到”给清朝效命的时候就死了，由此没被列入《贰臣传》。比如明末内阁首辅魏藻德，就是这样一个没有骨气的读书人，若在太平时节，或许还能混混日子，但在朝廷危亡之时，其丑行就全面暴露了。魏藻德根本没机会投降清朝，在李自成攻入北京后，就被拷打致死了。魏藻德至死都不肯交出家中藏匿的巨额财富，他这位曾经的明朝状元、内阁首辅，竟然就那样在狼狈丑态中被暴怒状态下的明末农民军虐杀了。

乾隆皇帝编撰《贰臣传》，显然并不在意那些被列入贰臣的后人怎么想，哪怕他们有人身居高位，享受着荣华富贵。乾隆皇帝深知，贰臣及其后人的现实回报，都是建立在背叛明朝的基础上的。随着清朝君主专制达到顶峰，一套稳定的意识形态话语系统，对于巩固统治，自然是非常重要的。从统治者的角度看，乾隆皇帝当然需要那些忠义之人辅佐自己，而不需要那些叛逆之臣。与此同时，明确表示对明朝贰臣的厌弃，也有助于乾隆皇帝笼络中原汉人和儒家知识分子，并借助中国传统的忠义思想，来论述自身统治的合法性。

乾隆皇帝的这一番“操作”，本质上是在争夺对“忠义”的阐释权，他借助《贰臣传》诠释了他心目中的“忠义”与“不忠义”，就可以避免其他知识分子，尤其是希望借助怀念明朝来“搞事情”的读书人，抢先论断那些历史人物的品性，进而向全国铺开有助于乾隆皇帝统治的道德观念。

由此可见，即便是同一个朝代，在不同的历史时期，在不同的统治者来看，采取何种价值观念来巩固自身统治，也存在多种可能。对于急于灭掉明朝的清廷来说，其主要目标就是瓦解明人的信心，尽可能地诱

降、劝降明朝的官员，这也确实有助于其当时的统治。但在一个统治较为稳定的大一统时期，就没必要强调贰臣的价值了，反而应该将那些有节操的英烈视为模范人物，哪怕他们曾经是自己的敌人。乾隆皇帝这样精于帝王心术的统治者，在这件事情上，头脑相当清醒。其实，乾隆皇帝编撰《贰臣传》，也是皇权专制在清朝达到顶峰的一个细节上的佐证。

第二辑

经典史籍里的“历史现场”

夏朝近百年复国史的缺失:《夏本纪》在隐藏什么

司马迁《史记》第二篇《夏本纪》将夏朝视为五帝之后的首个王朝，这也被后世视为中国古代“家天下”的开始。在有关夏朝的考古证据稀少的前提下，《夏本纪》是记录这段神秘历史的为数不多的资料之一。

《夏本纪》缺失的史料与少康复国的故事

细读《夏本纪》，会发现一个很奇怪的现象：按照惯例，它本该记录一个朝代完整的历史，但全篇大多数内容都在讲述夏朝初期的故事，主要写的是禹和启的事迹，只有结尾用很少的篇幅，大致记录了夏王的世系传承。

虽然后世对夏朝历史知之甚少，但四百年的漫长历史绝非无事可记，尤其是从太康失国到少康中兴的故事，前后延续近百年，司马迁却对此仅有寥寥几笔，并没有过多记录。而《尚书》和《左传》等经典古籍中，却有比较细致的记录。想来司马迁并非不知其中的来龙去脉，他为什么要刻意忽视这段重要的历史呢？司马迁在《夏本纪》中到底隐藏

了什么？

《夏本纪》关于这段历史的文字十分精简："夏后帝启崩，子帝太康立。帝太康失国，昆弟五人，须于洛汭，作《五子之歌》。太康崩，弟中康立，是为帝中康。帝中康时，羲、和湎淫，废时乱日。胤往征之，作《胤征》。中康崩，子帝相立。帝相崩，子帝少康立。"再往后，就是某某夏王崩、某某立这样十分机械的记载了，对其在位时间、生平事迹几乎全无记录。

关于太康失国的过程，《史记》没有详细记录，倒是《尚书》提供了较为丰富的史料。在《尚书·夏书》中有篇《五子之歌》："太康尸位，以逸豫灭厥德，黎民咸贰，乃盘游无度，畋于有洛之表，十旬弗反。有穷后羿因民弗忍，距于河，厥弟五人御其母以从，徯于洛之汭。五子咸怨，述大禹之戒以作歌。"原来，在启之后，太康继承了王位。但太康不理政事，终日沉溺于狩猎，由此在洛水附近打猎的时候，东夷有穷氏的部落首领后羿趁机发动政变，夺取了太康的王位，并放逐了太康。结合《史记》《尚书》的说法，接下来后羿改立太康的弟弟中康（又称仲康）为王，实际上就是扶持了一个傀儡，自己掌控了政权。中康死后，后羿又扶持中康的儿子相当了夏王。结合《竹书纪年》等史料，可以推算这个过程有二三十年。此后，后羿干脆废掉夏王，但自己也不称夏王，而是一面把控着朝政，一面像太康一样沉溺于打猎，渐渐地也荒废政事了。又过了二十年，后羿属下一个叫寒浞的东夷人发动政变，赶走了后羿，自己掌控了政权。

关于寒浞上台的背景，《夏本纪》中毫无记载，倒是《左传·襄公四年》中，借晋国大将魏绛之口，讲述了这段夏朝的历史："昔有夏之方衰也，后羿自鉏迁于穷石，因夏民以代夏政。恃其射也，不修民事而淫于原兽。弃武罗、伯困、熊髡、龙圉而用寒浞。寒浞，伯明氏之谗子

弟也。伯明后寒弃之，夷羿收之，信而使之，以为己相。”寒浞原本是后羿收留的一个东夷部落的年轻人，但他十分善于钻营，成了后羿的宠臣，以至于后羿疏远了武罗、伯困、熊髡、龙圉等贤臣。此处《左传》提到了这四位贤臣，后世对他们所知甚少，几乎没有其他史料记载他们的事迹，但他们都是辅佐夏王的良臣贤人，这才让本是篡权者的后羿还能维持还算安定的统治。但寒浞上台后，局势就产生了变化。在史书上，出现了一个叫纯狐（又称为眩妻、玄妻）的美女，她可能是有记载的中国历史上第一个卷入政治纷争的女子，比后世的褒姒、妲己等人登场还要早得多。

屈原在《天问》中说：“浞娶纯狐，眩妻爰谋。何羿之射革，而交吞揆之？”东汉学者王逸在《楚辞章句》中解释：“言浞娶于纯狐氏女，眩惑爱之，遂与浞谋杀羿也。”这里提到的典故，就与寒浞和纯狐有关。《左传·昭公二十八年》有记载：“昔有仍氏生女，黰黑而甚美，光可以鉴，名曰玄妻。乐正后夔取之，生伯封，实有豕心，贪惏无餍，忿纇无期，谓之封豕。有穷后羿灭之，夔是以不祀。”还是在《左传》中，有这样的记载，让我们看到了寒浞更丰富的形象：“浞行媚于内而施赂于外，愚弄其民而虞羿于田，树之诈慝以取其国家，外内咸服。羿犹不悛，将归自田，家众杀而亨之，以食其子。其子不忍食诸，死于穷门。”

纯狐是有仍氏人，本来是后夔的妻子，两人生有一子名伯封。但伯封因为支持中康，在中康被废后，被后羿杀害，纯狐也被后羿强占为妻。但她一直想着找机会报仇雪恨，直到遇到了野心更大的寒浞，这个机会才到来。寒浞显然不满足只做个权臣，他私下与纯狐勾结在一起，又广泛收买人心，终于趁着后羿外出打猎的时候，发动政变，取而代之。

后羿与太康的失势十分相似，都是荒政的结果，但他们在位期间，

起码还有一些贤臣的辅佐。而寒浞更加阴狠，他上台后便处死了后羿，还把后羿做成了肉羹给他的儿子吃。后羿之子岂能受此等耻辱，誓死拒绝，寒浞便狠下心，将其处死。

与此同时，寒浞准备彻底灭掉夏王室。原本只是被后羿流放外地的夏王相，因而面临灭顶之灾。寒浞派人杀了相，却没料到相的妻子后缗当时已经怀有身孕，她趁乱逃到了娘家有仍氏的掌控区，并生下了儿子少康。

少康从小怀着复国报仇的心愿，渐渐成长，同时也得到了夏王室残留势力的支持和保护。少康的才华很快便得到了有仍氏部落的认可，便被任命为管理畜牧业的牧正，这是牧官中最高的职位，在当时，牲畜是一个部落十分重要的财产，尤其是一些半耕半牧的部落，十分依赖牧正的管理能力，少康的才能和威信，也由此可见一斑。

关于这段历史，《左传》留下了比较清晰的记录："浇使椒求之，逃奔有虞，为之庖正，以除其害。虞思于是妻之以二姚，而邑诸纶。有田一成，有众一旅，能布其德，而兆其谋，以收夏众，抚其官职。使女艾谍浇，使季杼诱豷，遂灭过、戈，复禹之绩。"同样是《左传》，另有关于少康复国的比较详细的记录："浞因羿室，生浇及豷，恃其谗慝诈伪而不德于民。使浇用师，灭斟灌及斟寻氏。处浇于过，处豷于戈。靡自有鬲氏，收二国之烬，以灭浞而立少康。少康灭浇于过，后杼灭豷于戈。有穷由是遂亡，失人故也。"

最终寒浞还是知道了少康的存在，他的政治手段十分残忍，欲斩草除根，便派一个叫椒的人去追杀少康。幸好少康反应迅速，他逃到了有虞氏的部落，并被任命为庖正。晋朝的杜预在注解《春秋左传正义》时，就写到"庖正，掌膳羞之官"。庖正能够掌握部落的吃饭问题，可见有虞氏对少康的器重。事实上不仅如此，有虞氏的首领虞思还把名为

二桃的女儿嫁给少康，又送给少康很多土地和兵卒，尽力帮助他完成复国大业。

少康很有谋略，并不会轻易行动，他深知掌握敌军信息的重要性，便派出一个名叫女艾的女将军去寒浞身边潜伏。《左传》中有个很容易被忽视的细节，记载了“使女艾谍”几个字，但寥寥几笔背后的故事却很精彩。结合屈原《天问》等古籍的记录，可以大体还原这个故事的来龙去脉。

女艾乔装打扮成仆人，借着缝补衣服的机会，潜入寒浞的部将寒浇的帐下。寒浞根本不知道自己身边已经出现了少康的卧底，其动向都被少康掌握。这可能是有记录的中国历史上的第一次谍战，而且是女将出马。紧接着，女艾伺机刺杀寒浞，但不慎杀掉了与寒浞私通的女歧，刺杀任务没有完成。至于女艾的结局，史书上并无记载。

但是，寒浞已经日薄西山，他在位长达四十年，渐渐荒废政务，沉

洛阳二里头夏都考古遗址

湎酒色，也是昏君的那一套做派。忠于夏王室的伯靡，首先发起反抗战争，他联合斟灌氏、斟寻氏两个部落的势力，成功击败寒浞的军队。这给了少康很大的激励，他决定发动对寒浞的复国战争，他派儿子杼（又称为季杼，后来成为少康之后的夏王）攻打并杀死了寒浞之子寒豷，大军很快又杀向寒浞，这个不可一世的篡位者至此已经无力抵抗。

屈原在《天问》中曾经发问："何少康逐犬，而颠陨其首？"这处细节，让后世看到了寒浞之死的一种可能：或许是趁着寒浞外出打猎的时候，少康放出猎犬咬死了寒浞。当然，这是一种比较戏剧性的场景，史书上只言片语的背后，往往是十分复杂的历史过程。少康的复国大业历经几十年，是一个漫长的过程，真实的历程可能并没有史书上写得那么简单。但历史就是这样，越是距今遥远的真相就越模糊，而且越古老的故事就越粗线条，以至于丰富细节与复杂过程却被省略为几个字，甚至彻底消逝在时间的长河中。

司马迁到底在隐藏什么秘密？

从太康沉迷打猎到被后羿篡权，再到后羿被寒浞篡权，最后到少康夺回王位，夏王室权力失而复得的过程前后近百年。对于如此漫长和复杂的过程，大多史料来自《左传》《尚书》《天问》《竹书纪年》等，反而《夏本纪》对其记录非常模糊。司马迁撰写《夏本纪》时，显然参考过已有的史料，《尚书》等经典文献不可能也不应该被忽视。司马迁在《夏本纪》中着重写的鲧、禹的事迹，就有不少史料来自《尚书·尧典》，对于他心中的上古圣贤，他其实丝毫不吝笔墨。

更奇怪的是，司马迁并非完全不记录"太康—中康—相—后羿—寒浞—少康"这段历史，只是不将其中的复杂过程写入《夏本纪》。他在《史记·吴太伯世家》中，借助伍子胥之口讲述了这段历史。在吴越

战争的背景下，当时越王勾践想跟吴王夫差讲和，假装服从吴国，夫差没看出其中计谋，伍子胥便借助夏朝这段故事来劝谏他。《史记》在此处记载了伍子胥引经据典来劝谏的全过程："昔有过氏杀斟灌以伐斟寻，灭夏后帝相。帝相之妃后缗方娠，逃于有仍而生少康。少康为有仍牧正。有过又欲杀少康，少康奔有虞。有虞思夏德，于是妻之以二女而邑之于纶，有田一成，有众一旅。后遂收夏众，抚其官职。使人诱之，遂灭有过氏，复禹之绩，祀夏配天，不失旧物。今吴不如有过之彊，而句践大于少康。今不因此而灭之，又将之，不亦难乎！且句践为人能辛苦，今不灭，后必悔之。"

伍子胥认为当年少康的兵力还不如勾践多，但少康还是能成功复国，而勾践能卧薪尝胆，若不吸取古人的教训，就会让勾践绝地反击，因此不能接纳勾践，必须斩草除根。不过，夫差并未听从伍子胥的劝告。

此处暂不讲吴越之事，而要思考的是：司马迁为什么要把少康复国的详细记录放在《吴太伯世家》里？从历史叙事的角度看，这段历史显然应该出现在《夏本纪》里。这背后恐怕有叙事手法之外的问题，更关乎司马迁的史学思想。

思考历史，不仅要看史书上写了什么，更要追问史书为什么要这样写，探索不同历史叙事话语背后的秘密。司马迁在《史记》中的精神寄托很多，有诸多道义上的褒贬，即所谓"成一家之言"，但他更有构建历史话语的意识，正所谓"通古今之变"，如何叙述远古时期的历史，直接关联文明的源头，告诉后世历史从何而来，文明如何诞生，这可能比记录个别历史人物和历史事件更加重要。儒家思想对司马迁影响很大，他讲起尧舜禹的故事，便要浓墨重彩地书写禅让的美好，后世也因此认为我们的文明源头并非野蛮，而是圣贤之道。不论真相到底如何，

但司马迁通过构建这套历史话语，让后世确立了一种对祖先的崇敬与热爱，从而构建起文明的自信与尊严。

然而，“太康失国”的晦暗历史，与上述历史观念相悖，或许司马迁并不希望后世看到一个孱弱的夏王朝，毕竟在夏朝初期，就被篡权夺位，并不符合后世对上古三代多位圣贤的美好想象。但是，司马迁的纠结之处在于，他毕竟是个严肃的史学家，不该刻意遮盖祖先的“至暗时刻”，因此他才在“世家”的第一篇中，借助伍子胥之口，把夏朝这段曲折的历史记下来。正是这样的操作，才让《五帝本纪》《夏本纪》《殷本纪》《周本纪》这四篇文本，构成了一个完整的、没有中断的世系传承，让后世惊叹远古祖先的丰功伟绩，进而形成华夏文明的共同体意识，“天下”的文明古今一体的话语才得以确立。

如果从更宏大的时间尺度上看，中国历史经历过两次文明大变局时期。第一次是从诸子百家到司马迁，《史记》构建了华夏文明共同体的意识，历史叙事的逻辑由此“天下一统”。第二次是晚清受到西方现代性的冲击以来，新文化运动与中西文明交融、中华文明复兴的过程，我们至今仍在这个阶段里，它将至少持续到现代化完成。从夏王朝诞生，到司马迁的时代，差不多相距两千年，而从司马迁写下《史记》至今，又有两千多年。《史记》就像文明转型关键时期的一个路标，上面信息芜杂，却闪烁着智慧的火光，不仅告诉我们从哪里来，还照亮了我们前行的方向。

“伊尹放太甲”的迷雾:《竹书纪年》的吊诡记录

伊尹是商朝初年的名臣，也是中国古代著名政治家，不仅因他辅佐多代商王建立非凡功绩，也因其美德而至今被后世敬仰，尤其是经过司马迁《史记》的盖棺论定之后，伊尹的崇高地位似乎更加高不可攀。然而，自从《竹书纪年》出土后，书中关于伊尹的记载，却让人大跌眼镜，一些人对伊尹的评价，也从忠臣变成弑君者。《竹书纪年》的记载难道比《史记》更可信吗？真实的伊尹到底是什么样的？

史书上伊尹的两极形象

《史记·殷本纪》对伊尹的生平事迹有明确的记载：“帝太甲既立三年，不明，暴虐，不遵汤法，乱德，于是伊尹放之于桐宫。三年，伊尹摄行政当国，以朝诸侯。帝太甲居桐宫三年，悔过自责，反善，于是伊尹乃迎帝太甲而授之政。帝太甲修德，诸侯咸归殷，百姓以宁。伊尹嘉之，乃作太甲训三篇，褒帝太甲，称太宗。”

据说伊尹出身低微，但擅长烹饪，在商汤身边做厨师。商汤免除了伊尹的奴隶身份，赏识他的才华，任命他为“阿衡”，也就是辅佐君王

的宰相。按照《诗经·商颂·长发》里的说法，“实维阿衡，实左右商王”，阿衡在君主身边，角色相当重要。

伊尹辅佐商汤之后，又辅佐太甲，但太甲一开始昏庸暴虐，不遵守商汤的规定，伊尹便将太甲放逐到了桐宫。这个桐宫可能是商汤陵墓旁的囚禁之地，太甲被软禁在那里长达三年。这段时间没有商王，伊尹就扮演起摄政者的角色，成为事实上的掌权者。三年之后，伊尹见太甲已经改过自新，便把他放出来，并恢复了太甲的王位。后来太甲励精图治，成为贤明之君。因此，后世也把“伊尹放太甲”当成君臣关系的美谈，似乎没有伊尹的严厉要求，就没有太甲的觉醒，而伊尹也没有贪恋权位，最终还能还政于太甲，实属难得。

与之完全相反，在《竹书纪年》的记载中，伊尹并不是什么忠臣，而是篡权夺位的权臣：“太甲元年，伊尹放太甲于桐，乃自立。”伊尹放逐了商王太甲，自立为王。关于伊尹的结局，《竹书纪年》也有记载：“七年，王潜出自桐，杀伊尹。”《竹书纪年》里的伊尹是个失败的篡权者，因为太甲最后逃出桐宫，还诛杀了伊尹。

如果按照写作时间来看，《竹书纪年》比《史记》还要早，因此自从《竹书纪年》出土以来，就一直有人认为《竹书纪年》里的历史才是真相，而且伊尹篡权夺位才更符合真实的人性。毕竟，后世上演了无数次权臣篡位和逼宫的故事，伊尹这样忠诚和高尚的人物，反而是罕见的，似乎也是不合“常理”的。难道说，司马迁搞错了吗？还是这其中有更多被掩盖的秘密？

甲骨文卜辞更接近历史真相

《晋书·束皙传》有记载：“太康二年，汲郡人不准盗发魏襄王墓，或言安釐王冢，得竹书数十车，其《纪年》十三篇。”《竹书纪年》出土

伊尹像

于晋武帝时期，当时有个盗墓者在汲郡发现了一座战国时期的古墓，并在其中发现了大量竹简古书。后来，晋武帝让学者研读这些资料，整理成书，命名为《竹书纪年》，也称为《汲冢纪年》。然而，这部书在宋朝就失传了，经过朱右曾与王国维等学者从历代文献中查阅，最后辑录成书，这便是《古本竹书纪年》。此前，坊间还流传着一本《今本竹书纪年》，以钱大昕为代表的一些乾嘉学派的学者认为这可能是伪书，史料价值不高。我们在此便采用这种说法，以《古本竹书纪年》为准。

从《竹书纪年》的记载来看，不仅是伊尹成了权臣，就连尧舜禅让的美谈也“崩坏”了，舜和禹竟然是通过政变上台的，根本没有什么禅让的事。但是，这样的记录与《尚书》《春秋》《史记》等经典史书构建的上古历史的“道德体系”差异太大，一直以来都让很多人难以接受。有一种解释是，撰写《竹书纪年》的魏国史官，可能故意抹黑上古

贤君和贤臣，因为只有这样，才能让魏国的“发家史”变得更有“合法性”——反正连舜、禹、伊尹这些上古的大人物，都可以篡权夺位，魏国先祖参与“三家分晋”的权斗又算什么呢？但是，这种观点也仅仅是猜测，并没有史料支持其观点，真相依然扑朔迷离。

想要看到伊尹的真实形象，就得找到比《史记》和《竹书纪年》更早的文献。虽然后世已经看不到商朝的史书，但还是可以通过大量出土的甲骨文，来分析其中的商朝历史。虽然甲骨文大多是关于祭祀的内容，但仍可以反映商朝的政治、社会状况，尤其是一些商王和名臣的名字，也时常出现在甲骨文卜辞中。

已经出土的甲骨文中，有大量关于商人祭祀祖先的资料。越是对商朝贡献大、影响深远的先王，就越会得到后世的祭祀。商汤（卜辞中写作“大乙”）作为商朝的开创者，就享有崇高的祭祀地位，这是显而易见的。

值得注意的是，在出土的甲骨文卜辞中，太甲的名字写作“大甲”，而后人对他的祭祀也很隆重，单独用大量人牲祭祀大甲的情况很常见。根据学者常玉芝在《商代宗教祭祀》一书中的记录，关于太甲（大甲）的卜辞中，经常有大量人牲祭祀的内容。比如“丙卜：翌甲寅酒于大甲羌，百羌”，就是说，杀掉一百个羌人来祭祀太甲。这说明，太甲在商朝历史上也是地位很高的先王，这似乎与《史记》中一度被放逐、面壁思过的太甲的形象不相符。相比之下，甲骨文呈现的历史，显然要比千年后的史书记载更加可信。通过解读卜辞中的太甲形象，也更容易还原真实的商朝历史。

在卜辞中可以经常看到这样的记载，一次性杀掉几十甚至上百人来祭祀先王，是商朝常有的事。商王经常派人跟羌人作战，一些被俘虏的羌人就不幸成为人牲，用于祭祀商王，或者给死去的商王殉葬。这也反

映出商文化极其残忍的一面，但在当时的人看来，祭祀与占卜是无比重要的，幸好有大量甲骨文卜辞重见天日，这才让今天的我们可以挖掘更多史书上没有记载的商朝历史真相。

其实，商朝祭祀的对象不仅有商王，还有为商朝历史立下汗马功劳的异族人，伊尹就是其中的代表人物。这些名臣在活着的时候，辅佐商王，建功立业，死后也成为商人心目中的神灵。在商人眼中，对他们进行大规模和持久的祭祀，同样能起到庇佑后人的作用。在甲骨文卜辞中，伊尹有时被写作“伊”，还有“黄尹”等称号，但也有观点认为伊尹和黄尹不是同一个人。商人祭祀伊尹，有时是单独祭祀，有时是将伊尹和商王一起来祭祀，祭祀伊尹的等级虽然远远不如商王，但杀人和宰杀牲畜也时有发生。比如，甲骨文卜辞中就有“卯羌伊宾”的记录，也就是通过剖杀人牲来祭祀。还有卜辞“乙亥贞，其侑伊尹二牛”，就是杀掉两头牛来祭祀伊尹的意思。这就意味着，在后世商人的认知中，伊尹的地位是崇高的，他享有与祖先商王一同被祭祀的待遇。如果伊尹真

安阳殷墟王陵遗址

的是阴谋篡权的角色，后世为何会隆重祭祀他呢？因此，可以说，《竹书纪年》书写的伊尹，恐怕并非历史真实面目。

“层层累积”的历史人物形象

既然甲骨文卜辞中的伊尹地位很高，那么《史记》的记载可能更接近真相：伊尹确实手握大权，但他没有僭越的举动，更不可能死于太甲的复仇行动。伊尹对商朝立下的汗马功劳，也得到了后世商王的认可。《史记》对伊尹的正面记载，或许并不“夸张”，伊尹的真实形象可能就是如此令人钦佩的。

如果不是出土的甲骨文，我们可能永远无法判断《史记》和《竹书纪年》的记载，何者更接近真实。这背后的问题就在于，后世对历史的定义和认知，往往是不断“生长”的，是层层累积的，甚至相互矛盾的，用史学家顾颉刚的话来说，这就是“层累地造成的中国古史”。与之类似的传说，还有孟姜女哭长城的故事，也是在后世不断形成的。

还有著名的“烽火戏诸侯”事件，虽然见诸《史记·周本纪》，却更像是个民间故事，不像真实的历史。史学家钱穆就在《国史大纲》中说：“此委巷小人之谈。诸侯并不能见烽同至，至而闻无寇，亦必休兵信宿而去，此有何可笑？举烽传警，乃汉人备匈奴事耳。骊山一役，由幽王举兵讨申，更无需举烽。”确实，从常理分析，各地诸侯竟然能看到烽火，还能及时赶过来，似乎不太现实，而美女褒姒仅仅看到匆忙而至的军队就发笑，也有些莫名其妙。当然，司马迁记下的历史，不可能是胡编乱造的，应当是看到了相关资料。比如，比《史记》成书更早的《吕氏春秋》中，就有“击鼓戏诸侯”的说法：“周宅酆镐近戎人，与诸侯约，为高葆祷于王路，置鼓其上，远近相闻。即戎寇至，传鼓相告，诸侯之兵皆至救天子。戎寇当至，幽王击鼓，诸侯之兵皆至，褒姒大

说，喜之。幽王欲褒姒之笑也，因数击鼓，诸侯之兵数至而无寇。至于后戎寇真至，幽王击鼓，诸侯兵不至。”

至于“击鼓”为何变为“烽火”，已经不得而知。但后来经过《东周列国志》等小说的传播，这个故事知名度更大了。但从出土的清华简来看，周幽王并没有什么戏弄诸侯的故事，西周的败亡实则源于申侯和戎族的联合攻击，这也说明“烽火戏诸侯”或许真的是后世演绎的故事，而非历史的真相。

分析不同史料的记载，才能拨开历史的迷雾，更加接近古人与古事的本来面目。而且，一般来说，越接近历史现场的记录，真实性就越高，被篡改和涂抹的可能性就越低。伊尹能够得到商朝历代祭祀的重视，起码说明他是被官方认可的正面人物。

历史的细节往往是复杂的，伊尹与太甲的关系，未必是绝对的服从与被服从的关系，这其中难免会有政治博弈。或许，伊尹确实是权臣，却很能把握分寸，没有做僭越之事。太甲和后世商王对伊尹的态度，可能不只有尊敬，也有敬畏的心理。而且，伊尹的后代在商朝也属于一股政治势力，对于伊尹的祭祀，或许也有商朝官方安抚各方势力的考虑。

当然，以上是基于史料之上的分析和推测，在没有更翔实的史料被发现之前，谁也不能妄下定论。但这也是解读历史的趣味所在：根据有限的信息，进行有理有据的分析，与此同时，也要对问题的答案保持开放的态度，而不是随意臧否和党同伐异。对于不同观点，保持一种思辨和尊重的观念，也是我们读史阅世时应有的态度。

鸿门宴的叙事“主人公”：樊哙与《史记》的现场感

《史记》中鸿门宴的故事堪称家喻户晓，而司马迁记载的人物对话和现场细节，让读者有身临其境之感。司马迁虽没有亲历过楚汉争雄的时期、鸿门宴故事发生的年代，但对他来说，并非遥不可及，他在《史记》中对此事的叙述，如同摄影机拍下的纪录片，拥有令人难以置信的“清晰度”。

鸿门宴的樊哙视角

如果我们仅仅把鸿门宴的故事当成司马迁的“脑补”，仅从文学虚构的角度看《史记》里这类精彩的场景，恐怕有失偏颇。司马迁对于著史的态度极其严谨，后世不清楚的细节，不意味着司马迁没看到相关史料。那么，鸿门宴的现场感如此之高，司马迁到底是怎么做到的呢？

史学家李开元在《论〈史记〉叙事中的口述传承——司马迁与樊他广和杨敞》一文中，曾经开创性地提到解读历史细节的一种思路。他在点评鸿门宴时樊哙的“精彩表现”时，就这样提到：“樊哙鸿门宴救驾的事情，是樊哙家子孙后代世世相传的光荣历史，司马迁以访问丰沛龙

兴故地为契机，从樊他广处听到鸿门宴的详情叙事，后来，当他撰写《史记》的有关章节时，就将樊他广的口述作为重要史料。”

史料若只是孤证，显然无助于接近真相，只有经过多重史料的比对分析，才能更加科学可信。司马迁写《史记》，并不只是从古籍中寻找史料，他还会亲自到历史故事的发生地，采访当地的百姓，从民间寻找历史的踪迹。实地考察的好处，是能让史学家掌握最鲜活的史料，而且可以根据自己探访的成果，与史书上的记载作比对，进而考据得出最有可能是事实的信息。

司马迁也跟一些汉朝勋贵的后代有交往，樊哙之孙樊他广就是其中之一。通过樊他广的讲述，司马迁可以了解汉朝初年的历史，而樊他广的记忆，则与先人的讲述有关。用现代的史学观念来看，樊他广为司马迁提供了口述史上的重要材料。问题的关键就在此处。当后世读者并不清楚历史现场的细节时，只能通过史书中的描写，来推测当时的情形。而史书和小说一样，只要有人物和事件，必然带有自己的叙事视角。绝大多数史书的视角，都是全景式的，但在《史记》中，在一些浓墨重彩的篇章里，确实能看到类似个人视角的细节。比如，在《项羽本纪》中，对鸿门宴最具文学性的描述，则很像樊哙的视角。樊哙并非鸿门宴的主角，却占了不小的篇幅，他说的话竟然比刘邦、项羽还多。这就是叙事视角上的不同寻常之处，这类特殊细节的背后，很可能隐藏着历史写作的秘密。

鸿门宴是刘邦命运的转折点。秦朝灭亡后，刘邦和项羽争夺天下。刘邦比项羽更早进入咸阳，其部下曹无伤叛逃，向项羽告密，项羽便发兵刘邦，两人此时实力悬殊，刘邦只能尽量避其锋芒。刘邦向项羽释放信号，表示自己并无夺取天下之意，项羽便摆下鸿门宴。这场酒宴既有庆贺灭秦之义，也有双方和谈之念，但亚父范增认为鸿门宴是项羽杀掉

刘邦的好机会，而项羽迟迟下不了决心，最终让刘邦逃掉。樊哙是刘邦的同乡旧部，早年以屠狗为业，但在刘邦军中立下了诸多奇功，很多次攻城都能捷足先登，在勇武和忠诚上，都被刘邦高度信任。因此，把帮助刘邦解除困境的关键任务交给樊哙来做，也算合情合理。

《史记·项羽本纪》对鸿门宴的叙述首先是座席的安排："项王即日因留沛公与饮。项王、项伯东向坐。亚父南向坐。亚父者，范增也。沛公北向坐，张良西向侍。"

此时，樊哙并未登场，但他在后面登场时，很容易进门后第一眼就看到项羽和项伯他们坐在朝东的位置。从后文的描写来看，樊哙的视角确实是先看到的项羽，并且"披帷西向立，瞋目视项王，头发上指，目眦尽裂"。

樊哙登场，是因为酒宴上发生了"项庄舞剑意在沛公"的事情，国人对这个故事很熟悉，在此不再赘述。樊哙闯进来，要保护主公刘邦。他还未说话，项羽就看到这位彪形大汉，说道："壮士，赐之卮酒。"

樊哙十分豪爽，也不推辞，接过酒杯，便一饮而尽。对于项羽赐给他的猪腿肉，他也用剑切开，大口大口地吃起来。《史记》对这一细节的描述，到了"动作分解"的地步："樊哙覆其盾于地，加彘肩上，拔剑切而啖之。"这就像一部电影，在呈现主角心理变化时，要在他的脸上打光，通过光影的变化，来展现人物表情和动作的细微变化。对于"粗线条"的历史叙事来说，能将樊哙拔剑吃肉的场景还原到这个地步，很难想象这是没有根据的"脑补"。

接下来，便是樊哙那段知名的豪言壮语："臣死且不避，卮酒安足辞！夫秦王有虎狼之心，杀人如不能举，刑人如恐不胜，天下皆叛之。怀王与诸将约曰：'先破秦入咸阳者王之。'今沛公先破秦入咸阳，毫毛不敢有所近，封闭宫室，还军霸上，以待大王来。故遣将守关者，备他

樊哙像

盗出入与非常也。劳苦而功高如此，未有封侯之赏，而听细说，欲诛有功之人。此亡秦之续耳，窃为大王不取也！”

在后世不少人的记忆里，樊哙只不过是个有勇无谋的武将，但樊哙在此时说的一番话，简直有春秋战国时纵横家之风，不仅有理有据，还能结合暴秦的典故，让其言论有了当时最具道义合法性的根据——反对残暴不义，仁德者才能拥有天下。再加上之前樊哙饮酒吃肉的夸张动作，立刻把项羽镇住了，这就为刘邦逃离现场争取了机会。

项羽反应迟缓，没能抓住时机，让刘邦借口上厕所的时候逃走了。这对项羽来说，当然是无法挽回的损失，但从“历史成功者”的视角看，这是刘邦在成功前最凶险的经历之一，而帮助他化险为夷的人，不仅是出谋划策的张良，更是直面危急时刻的樊哙。

至此，樊哙的“精彩表演”还没结束。《史记》有记载：“沛公已

出，项王使都尉陈平召沛公。沛公曰：‘今者出，未辞也，为之奈何？’樊哙曰：‘大行不顾细谨，大礼不辞小让。如今人方为刀俎，我为鱼肉，何辞为？’于是遂去。乃令张良留谢。”

如果说前面樊哙的一番豪言壮语已经令人惊叹了，此处他说的话则更不寻常。虽然刘邦遇到了危险，但竟然在慌乱中问樊哙怎么办，而不是问张良，或者自己直接下命令，这似乎不合常态。但如果我们把樊哙当成这个故事的主色，了解到这场鸿门宴的细节很可能出自樊哙的讲述，那么这不寻常之处，也就能说通了。

樊哙回答刘邦一番“人为刀俎，我为鱼肉”的话，其实也贴合其身份。一般来说，人们在比喻的时候，都会选取自己熟悉的事物。樊哙早年就是屠狗之辈，对屠宰的话题自然再熟悉不过。情急之下，把自己的命运联想到等待屠宰的动物，也是人之常情。至于这里为何用的是“鱼肉”而非其他牲畜，就不得而知了。事实上，对于历史现场对话的还原，即便当事人也未必能做到完全一致，并不排除樊哙在追忆往事时，将当时的语言进行文学化加工的可能性。更何况，樊哙的原话，也未必就能被后人一字不落地记住，在故事流传的过程中，事件要素出现变形，也是十分常见的情况。

我们再看《史记·樊郦滕灌列传》中对鸿门宴故事的叙述。这些内容既然来自樊哙的列传，主角当然应该是樊哙。但有趣的是，其内容与《项羽本纪》中的相关内容差不多，缩写了与樊哙无关的内容，而樊哙在鸿门宴上的表现，基本上都保留了下来。删掉与樊哙无关的细节，依然不影响读者对鸿门宴前因后果的了解，这也从侧面说明，鸿门宴故事最精彩的场面，恐怕真是来自樊哙的视角：

项羽在戏下，欲攻沛公。沛公从百余骑因项伯面见项羽，谢无有闭

关事。项羽既飨军士，中酒，亚父谋欲杀沛公，令项庄拔剑舞坐中，欲击沛公，项伯常屏蔽之。时独沛公与张良得入坐，樊哙在营外，闻事急，乃持铁盾入到营。营卫止哙，哙直撞入，立帐下。项羽目之，问为谁。张良曰："沛公参乘樊哙。"项羽曰："壮士。"赐之卮酒彘肩。哙既饮酒，拔剑切肉食，尽之。项羽曰："能复饮乎？"哙曰："臣死且不辞，岂特卮酒乎！且沛公先入定咸阳，暴师霸上，以待大王。大王今日至，听小人之言，与沛公有隙，臣恐天下解，心疑大王也。"项羽默然。沛公如厕，麾樊哙去。既出，沛公留车骑，独骑一马，与樊哙等四人步从，从间道山下归走霸上军，而使张良谢项羽。项羽亦因遂已，无诛沛公之心矣。是日微樊哙奔入营谯让项羽，沛公事几殆。

樊哙前前后后的表现，成为鸿门宴上最精彩的瞬间。历史上鸿门宴的主色，当然是刘邦和项羽，但从史书叙事的角度看，樊哙才是鸿门宴故事的"主人公"。

历史现场的记忆与叙事

历史的奇妙之处，就在于后世永远无法回到历史现场，只能通过叙事者的视角来看历史。历史学家的本事，就在于能通过讲述者的记忆，来发现历史现场那些不同寻常的细节。正如美国历史学家阿兰·梅吉尔在《历史知识与历史谬误》中指出："历史既需要记忆，又需要超越记忆。如果我们希望着手撰写历史，那我们就必须希望发现种种在一般的理解中被视为令人惊奇的事物。历史学家如果停留在记忆的框架内，那么结果很可能就是确定，而不是惊奇了。"

从某种意义上讲，真正的历史恐怕是被遮蔽的，而叙事者在讲述历史时，并不能做到绝对意义上的客观。即便他会努力呈现历史的真实性

与客观性，但难免会带有主观色彩。更重要的是，会带有自我的视角，而对于史料匮乏的上古历史来说，类似樊哙式的视角，几乎就成了孤证，后世只能在他的记忆和讲述中，尽可能地寻求历史的真相。

樊哙视角下的鸿门宴故事，通过其后代的相传，在其孙樊他广的时候，终于有机会讲给司马迁听。此时的樊家已经没落，樊他广更有可能会把爷爷樊哙在鸿门宴上的表现，视为“从龙之功”，希望司马迁把它记在史书上，进而铭记樊哙对刘邦和汉朝的功勋。

樊哙的历史地位虽然比不上汉初三杰，但他也是刘邦帝王霸业中不可忽略的助力。《史记》上记载，樊哙的战绩是：“从，斩首百七十六级，虏二百八十八人。别，破军七，下城五，定郡六，县五十二，得丞相一人，将军十二人，二千石已下至三百石十一人。”汉朝开国后，樊哙被封为舞阳侯，后来升为左丞相。樊哙还娶了刘邦夫人吕雉的妹妹为妻，算是外戚，这让他跟吕家的命运紧紧绑在一起，也因此在政治势力变化时，其后代受到了牵连。

汉高祖刘邦死后，继承人汉惠帝性格懦弱，大权旁落，吕雉及其家族势力长期把控权力，引发刘家及其效忠者的不满。太尉周勃、右丞相陈平等人密谋，平息诸吕之乱。与吕雉有血缘关系者，在变乱中都难逃一死。

《史记》对樊哙身后的家族历史，记载不多，但从只言片语中，也能让人看到，樊哙的家族从第二代其实就已经开始没落了，当他们与吕雉家族保持剪不断的关系时，就已经无法掌控自己的命运了：

孝惠六年，樊哙卒，谥为武侯。子伉代侯。而伉母吕须亦为临光侯，高后时用事专权，大臣尽畏之。伉代侯九岁，高后崩。大臣诛诸吕、吕须婘属，因诛伉。舞阳侯中绝数月。孝文帝既立，乃复封哙他庶

子市人为舞阳侯，复故爵邑。市人立二十九岁卒，谥为荒侯。子他广代侯。六岁，侯家舍人得罪他广，怨之，乃上书曰："荒侯市人病不能为人，令其夫人与其弟乱而生他广，他广实非荒侯子，不当代后。"诏下吏。孝景中六年，他广夺侯为庶人，国除。

吕雉的妹妹嫁给了樊哙，他们生下的儿子樊伉，一度享受荣华富贵，但在诸吕之变中被牵连和诛杀。幸好樊哙还有个庶出的儿子樊市人没受牵连，将樊哙的血脉存续下来。樊市人年纪轻轻就死了，仅活了二十九岁，而他的儿子便是樊他广。不料樊他广因为得罪了一个门客，门客竟向汉景帝告状，说樊市人没有生育能力，樊他广并非其所生。我们并不知道这是不是真的，但汉景帝确实以此为理由，将樊他广贬为庶人，樊哙家族由此彻底没落了。

樊他广向司马迁讲述家族昔日的辉煌，诉说樊哙在鸿门宴上的功绩，虽然有可能添油加醋，但仍然为后世提供了难得的历史细节。通过这些隐秘的细节，我们才有可能发掘更多被遮蔽的故事，为探寻历史真相找到新的出路。

兵仙的人生起点：新解《淮阴侯列传》

韩信的历史知名度是毋庸置疑的，而他传奇人生的起点，同样充满戏剧性。后世是如何知道韩信这些近乎“秘密”的早年经历的呢？这就跟司马迁的《史记》密不可分。

《史记》中记录的细节

司马迁的《史记》对于韩信的早年经历，主要记载了三件事：昌亭旅食、漂母之恩和胯下之辱。韩信在《史记》中登场时的形象并不光彩：

淮阴侯韩信者，淮阴人也。始为布衣时，贫，无行，不得推择为吏，又不能治生商贾。常从人寄食饮，人多厌之者。常数从其下乡南昌亭长寄食，数月，亭长妻患之，乃晨炊蓐食。食时信往，不为具食。信亦知其意，怒，竟绝去。

韩信出身布衣，家境贫寒，而且人们认为他品行不好，无人推举他，连个小吏都当不上。韩信的起点，连刘邦都不如，可见其出身之

低，而且不知什么原因，似乎身边人并不喜欢他。结合韩信后来的经历来看，大概与他内心的孤傲有关。

司马迁也明确说明："吾入淮阴，淮阴人为余言，韩信虽为布衣时，其志与众异。其母死，贫无以葬，然乃行营高敞地，令其旁可置万家。余视其母冢，良然。"司马迁曾经到淮阴故地考察过韩信的事迹，听说韩信还是不知名的小角色时，就有非凡志向，很多想法跟别人不一样。尤其是司马迁还发掘到一条很重要的史料：韩信母亲去世后，因为贫苦而无法下葬，韩信却找到了又高又宽敞的风水宝地，要让坟地周围将来能安置上万个人家。这一细节说明了两个重要信息：韩信虽然贫苦，但很有志向，并未因为一时贫穷而失去雄图大志。而且，韩信颇有头脑，要不然也不会在没钱的情况下，还能找到一块不错的坟地。不过，韩信是如何做到这一点的，史书上并无记载，但结合韩信能在南昌亭长家里蹭饭吃的经历来看，他应当是比较善于"借力"的，或许是有人暗中相助，或许是厚着脸皮求人。但不管怎样，韩信展现出的与其他贫苦出身者完全不同的精神面貌，让人感觉他似乎是个一时陷入困顿的落魄王孙。

有关韩信出身的谜团，后世存在诸多争议，结合一些历史资料来看，韩信恐怕并非平民出身，更像是落魄的贵族后代。比较经典的说法，是认为韩信经常带着一把剑，《史记》中说他"好带刀剑"，而普通人恐怕不会有这样的"特权"。或许韩信是韩国贵族后代，六国灭亡后，韩信也被迫流落民间，但他可能有较好的早年教育，从自我认知上看，也属于高自尊人格。但是，韩信周围的人并不看好他，当时没人能看出他有什么前途。这段时期的韩信，颇为消沉，像是个自暴自弃的人。他没法当官，又不做生意，没有生活来源，竟然做了"寄生虫"，寄居在别人家里白吃白喝。尤其是在南昌亭长家里，韩信一连住了几个月，连亭长的妻子都厌恶他，到了后来，干脆不让他吃饭了。韩信受不了羞辱，就离开了。对于这段历史，唐朝诗人王勃感慨道：“下驿穷交日，昌亭旅食年。”这也是成语“昌亭旅食”的由来，韩信当时的困窘状态，由此也可见一斑。此后，韩信四处漂泊，无依无靠，以至于连饭都吃不上了。幸好在他垂钓的时候，遇见了恩人漂母，便有了一饭千金的故事：

信钓于城下，诸母漂，有一母见信饥，饭信，竟漂数十日。信喜，谓漂母曰：“吾必有以重报母。”母怒曰：“大丈夫不能自食，吾哀王孙而进食，岂望报乎？”

漂母没有留下名字，应当只是在水边洗衣服的大娘。这个故事虽然经典，却有许多值得推敲之处。首先，韩信当时只是在水边垂钓，与漂母素昧平生，漂母在不了解他的身份和经历的情况下，为什么要连续几十天给他饭吃？韩信之前在南昌亭长家里吃白食，已经很不光彩，如今要继续蹭饭吃，这似乎与他高自尊的人格不相符，而且漂母比起南昌亭长，地位还要差一些，经济状况未必很好，她却对韩信格外好，史书又不给出理由，这确实令人费解。再者，漂母称韩信为王孙，而不是其他什么称呼，这或许说明，漂母知道韩信原本出身不凡，只是现在落魄，便心生怜悯。如果韩信仅仅是个没出息的又爱吃白食，还游手好闲的家伙，会引起漂母的同情心吗？虽然司马迁没有明确给出这些问题的答案，但结合韩信后来的经历，或许能读出更多隐藏的信息。

经过漂母的帮助，虽然韩信勉强能有饭吃，但他还是活得没有尊严，甚至还遭受了胯下之辱：

淮阴屠中少年有侮信者，曰："若虽长大，好带刀剑，中情怯耳。"众辱之曰："信能死，刺我；不能死，出我袴下。"于是信孰视之，俛出袴下，蒲伏。一市人皆笑信，以为怯。

面对屠夫的挑衅和嘲讽，韩信忍辱负重，这说明韩信不是因为一时冲动就会耽误前程的人。如果当街杀人，韩信必被法办。韩信并非胆怯惜命之人，而是心存大志，不愿意草草了却一生。

另外，对于上述历史，后世史书记载大体一致。比如《资治通鉴》里的记载，与《史记》差不多，只是表达更加简洁，应是参考《史记》内容而写就：

淮阴人韩信，家贫，无行，不得推择为吏，又不能治生商贾，常从人寄食饮，人多厌之。信钓于城下，有漂母见信饥，饭信。信喜，谓漂母曰："吾必有以重报母。"母怒曰："大丈夫不能自食，吾哀王孙而进食，岂望报乎？"淮阴屠中少年有侮信者曰："若虽长大，好带刀剑，中情怯耳。"因众辱之曰："信能死，刺我；不能死，出我袴下！"于是信孰视之，俯出袴下，蒲伏。一市人皆笑信，以为怯。

韩信何以被刘邦重用

观察一个人是否心气高、自尊心强，不仅可以从他面对侮辱和打击时的态度来判定，还能通过他应急应变的方式来看。《史记》中讲述韩信在正式登上历史舞台之前，还有一段传奇的经历：

及项梁渡淮，信杖剑从之，居麾下，无所知名。项梁败，又属项

羽，羽以为郎中。数以策干项羽，羽不用。汉王之入蜀，信亡楚归汉，未得知名，为连敖。坐法当斩，其辈十三人皆已斩，次至信，信乃仰视，适见滕公，曰："上不欲就天下乎？何为斩壮士！"滕公奇其言，壮其貌，释而不斩。与语，大说之。

韩信面对纷乱的局势，作出的选择是投靠项梁。当时，项梁正在率领抗秦的军队渡过淮河，向西进军，韩信便加入了项梁的队伍。司马迁说他是"仗剑从之"，此时此刻的韩信还是随身佩带宝剑，似乎这是他身份和尊严的象征。不过，韩信的运气不太好，在项梁的队伍里只是个无名小卒，后来项梁败亡，就跟了项羽，但还是不被重用。韩信给项羽出了好几个计谋，但都不被采纳。

韩信素有大志，当然受不了在项羽帐下受冷落的日子，便趁着刘邦进入川蜀的时候，脱离项羽而投靠刘邦，在刘邦帐下做了一名小官，职位是"连敖"。南朝宋的史学家裴骃在《史记集解》中解释："连敖"是"典客"的意思，就是负责招待宾客。显然，此时刘邦也根本看不上韩信，更意识不到他的军事才能，只是随便给他一个位置，恐怕比在项羽帐下的待遇好不了多少。

韩信接下来的命运发生了戏剧性的变化。因为触犯军法，他和另外十三个人要被斩首。看着其他人都已人头落地，韩信若再无特别的举动，必定命丧黄泉。他正好看到夏侯婴走来，便灵机一动，大喊："汉王不打算得天下吗？为什么要杀害壮士？"夏侯婴见韩信言谈不凡，又相貌奇特，便释放了他。韩信死里逃生之后，虽然得到了夏侯婴的赏识，却依然不被刘邦器重，只是让他管理粮食。但是，韩信的命运在这一刻已经发生变化，他最幸运的就是认识了夏侯婴，而且得到其欣赏和信任。由此，韩信才有了与萧何交流的机会，并逐步得到刘邦的认可，

更产生了“萧何月下追韩信”的经典故事。

夏侯婴是何许人也？他在史书上被称为“滕公”，是刘邦最亲近的人之一。夏侯婴能力不算特别强，却属于掌权者的“近臣”，他在刘邦发迹之前，就与之相熟，后来当了刘邦的车夫，多次在危急关头救过刘邦。能得到刘邦亲信的欣赏，这是韩信能跻身汉军权力核心的关键。当然，萧何对韩信的赏识，并向刘邦大力推荐韩信，同样是非常重要的。刘邦在川蜀之时，境况并不好，正缺乏一位战略和战术能力都一流的将领，而韩信的出现，扭转了局势，最终帮助刘邦战胜项羽。

若没有夏侯婴和萧何的推荐，或许韩信的才能永远不会被发现，那么他将像历史和现实中无数被埋没的人才一样，并无机会登上时代舞台一展才华。从这一点来说，韩信虽然经历诸多磨难，但终究还是幸运的。此后的历史为人熟知，韩信为刘邦的帝业立下汗马功劳，辅佐刘邦一统天下，还“创造”了背水一战、多多益善、独当一面、拔旗易帜、功高盖主等成语和典故。

司马迁在淮阴实地考察，发现了什么

如今我们对韩信早年经历的了解，基本上都来自《史记·淮阴侯列传》。这是后世研究韩信最基础的史料，司马迁能记下这些故事，实属不易。因为即便是刘邦在发迹前的经历，也罕见于史书，若当事人不愿意讲，旁人便不可知，后世更不可能知道。司马迁之所以知道韩信早年的情况，显然离不开他实地考察、走访乡里的工作。虽然当时还没有“田野考察”这样的概念，但司马迁已经萌生了类似的史学理念，这其实也是一种“采风”，是一种对著史的严肃和谨慎态度。

司马迁在年轻时曾在全国游历，探访历史遗迹，搜寻民间故事，《史记》中细节十分生动、人物形象格外饱满的地方，有不少都来自司

马迁的实地考察经验。虽然这其中难免有文学性的描述，但以太史公治史之严谨态度，说明一些基本史实并不会被凭空创造。比如，韩信面对漂母时说的话，是否真的是“吾必有以重报母”，谁也不能确知。别说后世的史学家，就是韩信本人，在回忆起多年前的这一场景时，也未必能还原一模一样的话。但是，大致的意思应当是明确的，即便在口耳相传中会出现信息的增删，但韩信渴望报答漂母的意思应当是无误的。事实上，当韩信功成名就后，就赏赐漂母千金，成就了一番知恩图报的佳话。从某种意义上讲，或许正是此事“有始有终”，韩信回报漂母的故事流传甚广，才让人们知道韩信早年有过一段连饭都吃不上的困窘时光。

值得注意的是，司马迁不仅听到了韩信早年的故事，还找到了“历史现场”——韩信口中那个安葬母亲的风水宝地。果然，那是一处又高又宽敞的风水宝地，而且正如韩信所预料的那样，当地真的安置了上万个人家。这让司马迁也不禁慨叹，韩信在年轻时就很有志向，是真正的雄才大略之人，并没有被眼前的困境束缚，司马迁为韩信的志向高远而赞叹，又想到韩信被诛杀的不幸结局，不禁深感遗憾：

假令韩信学道谦让，不伐己功，不矜其能，则庶几哉，于汉家勋可以比周、召、太公之徒，后世血食矣。不务出此，而天下已集，乃谋畔逆，夷灭宗族，不亦宜乎！

司马迁认为，如果韩信能谦恭和低调一些，不要居功自傲，在天下太平之时，就能像周公等人一样，那么自己和后世子孙都享受优厚待遇，但韩信叛乱，最终被杀，这也合乎情理。司马迁感慨韩信的命运没有错，但他对政治的残酷和复杂似乎还是缺乏深刻的认识，对韩信被杀

的原因想得比较简单。除非韩信主动解甲归田、退隐山林，否则韩信的死几乎是必然的，鸟尽弓藏的故事在历史长河里上演了无数次，韩信实在太年轻，功劳又大，不可能不让君主忌惮。

司马迁距离韩信生活的时代不算远，韩信留下的诸多故事和事迹，在当时还有据可考。相比司马迁对于韩信命运的感慨，他留下的史料更加珍贵。司马迁尽力还原了一个真实的韩信，而后世通过细细品读《史记》的诸多细节，便能了解在楚汉之争的大背景下，即便是韩信这样的军事天才，也会受到命运的锤击，并在巨大的时代不确定性中，像流星一样飞速划过，在世人的惊愕中匆匆逝去。

放逐者之歌:《屈原贾生列传》的特别写法

每逢端午节，世人都会想起屈原沉江的故事。历史上与屈原有精神共鸣者不在少数，贾谊算是其中最知名的人物之一。耐人寻味的是，司马迁在《史记》中将屈原和贾谊合写在一篇文章中，是为《屈原贾生列传》。用他在《太史公自序》中的话来讲，就是“作辞以讽谏，连类以争义，离骚有之”。屈原和贾谊的命运有不少相似之处，他们都胸怀天下，有济世之才，却都郁郁不得志，含恨而终。但是，细细品读贾谊的生平和作品，他在很多方面并不似屈原，况且贾谊比屈原晚出生差不多一百四十年，两人分属战国和西汉两个不同时期，面对的时代命题也不一样。

放逐者的湘水之问

《史记·屈原贾生列传》如此写道:“贾生名谊，洛阳人也。年十八，以能诵诗属书闻于郡中。吴廷尉为河南守，闻其秀才，召置门下，甚幸爱。”贾谊出生在洛阳，堪称早慧，年纪轻轻就以才学闻名于世。当地的吴廷尉十分器重贾谊，将他纳入门下，这让贾谊可以进一步接触更多的政治资源。幸运的是，当时汉文帝登基不久，急需自己的班

底，又很欣赏吴廷尉。基于这样的特殊背景，贾谊很快便进入汉文帝的视野，并被召为博士（传授经学的官名），而且是汉文帝身边最年轻的博士。

贾谊的才学很快便在皇帝身边大放光彩，让一批老臣都艳羡不已。《史记》上说："每诏令议下，诸老先生不能言，贾生尽为之对，人人各如其意所欲出。诸生于是乃以为能不及也。孝文帝说之，超迁，一岁中至太中大夫。"当汉文帝询问意见时，其他人不能回答的问题，贾谊却能侃侃而谈。因此，他才二十岁出头，就被特别提拔为太中大夫，虽然官职不算特别高，但毕竟在皇帝身边，又深得信任，堪称少年得志。

此时的贾谊与历史上那个怀才不遇、郁郁而终的形象，还没有丝毫关联，他春风得意，还意识不到跌宕的命运在未来将会重击他。从某种意义上讲，正是因为贾谊的起点太高了，才让他很难接受贬谪的经历；正是少年天才的光环，才让他稍受冷落便无比郁闷。当后世无数真正怀才不遇的读书人，以贾谊的掌故来自我砥砺时，却不知贾谊的起点就比很多人奋斗一辈子的终点还要高。然而，贾谊志向远大，远不是做一个太中大夫就能满足，但即便如此，他还是遭到很多人的嫉恨，有人便向汉文帝进言，要求贬斥贾谊。从旁人的非议来看，贾谊的"问题"主要有两点：一个是年纪太小，难堪大任；另一个就是高调强势，专横擅权。历史上有很多少年得志的人，但并非每个人都会遭到老臣的联名排挤，因而贾谊的遭遇让一些人产生了"贾谊不善于搞人际关系"的看法。但回到历史现场来看，会发现史书上并未提及贾谊性格上和情商上的问题，贾谊被排挤实则更大程度上是政治博弈的结果。

当时，汉文帝刚登基不久，还不能完全掌控朝中老人。贾谊主张削弱诸侯王的权力，建议诸侯都去封地上任。像周勃、灌婴这样的老辈功臣，便看不惯贾谊，正是他们给汉文帝描述了贾谊的不堪之处："洛阳

贾谊像

之人，年少初学，专欲擅权，纷乱诸事。”即便汉文帝想保护贾谊，但面对老臣的联名上奏，他也只能牺牲年轻的贾谊了。就这样，还没来得及施展抱负，贾谊就被贬为长沙王太傅，不得不远离京城，赴任长沙。

对贾谊来说，这次放逐无异于精神上的流放。到了湘水之滨，望着滚滚江水向北逝去，他不禁慨叹自己多舛的命运。除了政治上的失意，贾谊还担心自己命不久矣，因为当地气候潮湿。古人多认为岭南多瘴气，但长沙并非岭南之地，只是相比当时的中原地区更加偏远，人口稀少，生产力也不发达。

但贾谊还是很担心自己的身体健康，如同将死之人。如此心态，在后人来看似乎有些夸张。虽然史书上没有关于贾谊“体弱多病”的记载，但从贾谊面对潮湿地区的心态，以及他后来英年早逝来看，贾谊或许知道自己身体并不好，因此才那么容易慨叹命运的错位，变得这么渴

望年纪轻轻就建功立业。

虽然屈原沉江是在汨罗江，但后代的文人墨客常在诗文中混淆汨罗江和湘江，再者，汨罗江是湘江的支流，提到湘江，便联想到屈原，也合情合理。贾谊面对湘江，便想起了与自己一样不被君主重用而被放逐的屈原，遂写下了千古名篇《吊屈原赋》：

恭承嘉惠兮，俟罪长沙；侧闻屈原兮，自沉汨罗。造讬湘流兮，敬吊先生；遭世罔极兮，乃殒厥身。呜呼哀哉！逢时不祥。鸾凤伏竄兮，鸱枭翱翔。闒茸尊显兮，谗谀得志；贤圣逆曳兮，方正倒植。世谓随、夷为溷兮，谓跖、蹻为廉；莫邪为钝兮，铅刀为銛。吁嗟嚜嚜，生之无故兮；斡弃周鼎，宝康瓠兮。腾驾罢牛，骖蹇驴兮；骥垂两耳，服盐车兮。章甫荐履，渐不可久兮；嗟苦先生，独离此咎兮。

在这篇文章中，贾谊先为屈原的不幸命运而悲叹，痛恨他受到的不公对待，也为他沉江的决绝行为而遗憾。作为汉赋名家，贾谊的修辞水平在文章中展现得淋漓尽致，他将屈原比喻成鸾鸟、凤凰，而那些佞臣、小人则被喻为猫头鹰，还说世人竟然认为宝剑莫邪是钝的，却觉得铅质的刀是锋锐的。黑白颠倒、暴殄天物的现实世界，容不下屈原的高洁人格，这才迫使他不得不以死明志。

不过，贾谊并不赞同屈原走上绝路。尽管贾谊当时情绪很低落，但从他的作品和思想来看，他并非迂腐之人，而是颇有法家的变通思维和理性精神。在《吊屈原赋》中，贾谊又说：

讯曰：已矣！国其莫我知兮，独壹郁其谁语？凤漂漂其高逝兮，固自引而远去。袭九渊之神龙兮，沕深潜以自珍；偭蟂獭以隐处兮，夫岂

从虾与蛭螾？所贵圣人之神德兮，远浊世而自藏；使骐骥可得系而羁兮，岂云异夫犬羊？般纷纷其离此尤兮，亦夫子之故也。瞝九州而相君兮，何必怀此都也？凤凰翔于千仞兮，览德辉而下之；见细德之险徵兮，遥曾击而去之。彼寻常之污渎兮，岂能容夫吞舟之巨鱼？横江湖之鳣鲟兮，固将制于蝼蚁。

贾谊凭吊屈原，显然并非只为了慨叹屈原的命运，而是借此抒发内心的郁闷，把自己与屈原放在同一个境遇上来比较，让他意识到，人才去哪里都有价值，即便一时困顿，也不意味着彻底失败。贾谊在文章中发出“已矣”这句慨叹，用今天的话就是“算了吧”，虽是简单的叹息，却能看出贾谊的几分无奈。这种无奈，其实是一种面对现实困顿时的解脱感，而不是抱着必死的念头去跟残酷的现实搏命。

这就是贾谊与屈原的不同之处，在贾谊看来，凤凰展翅高翔，远走高飞，未尝不是一条退路。当然，屈原所处的历史环境不同，他确实退无可退，若等楚国灭亡，到时则会更加痛苦，而贾谊不同，他不能留在汉文帝身边，只是失去了在帝国舞台中央展现风采的机会而已。

因此，即便贾谊心有不甘，他还是安心地留在了长沙，就这样平静地过了三年，直到有一天，有一只鵩鸟飞入他的房间。压抑许久的贾谊终于再次“情绪爆炸”，他按捺不住内心的思绪，挥笔写就《鵩鸟赋》。此事同样被司马迁记录在《史记》中，成为贾谊的又一名篇：

谊为长沙王傅三年，有鵩飞入谊舍。鵩似鸮，不祥鸟也。谊即以谪居长沙，长沙卑湿，谊自伤悼，以为寿不得长，乃为赋以自广也。

鵩鸟是类似猫头鹰的一种鸟，意味着不祥，贾谊看到鵩鸟，又想

到自己在潮湿的长沙待了很久，便想到这可能是命运的警示，担心自己将死。与其说贾谊十分恐惧死亡，不如说此刻的他还陷在被放逐的郁闷中，担心自己满腹才华无处施展。与《吊屈原赋》类似，《鵩鸟赋》中的修辞手法重重叠叠，让人眼花缭乱。贾谊借助这只鵩鸟，书写内心的郁闷，却也感慨，不必因为看到鵩鸟而忧愁，似乎是在给自己积极的心理暗示：

且夫天地为炉兮，造化为工；阴阳为炭兮，万物为铜。合散消息兮，安有常则？千变万化兮，未始有极，忽然为人兮，何足控抟；化为异物兮，又何足患！小智自私兮，贱彼贵我；达人大观兮，物无不可。贪夫殉财兮，烈士殉名。夸者死权兮，品庶每生。怵迫之徒兮，或趋西东；大人不曲兮，意变齐同。愚士系俗兮，窘若囚拘；至人遗物兮，独与道俱。众人惑惑兮，好恶积亿；真人恬漠兮，独与道息。释智遗形兮，超然自丧；寥廓忽荒兮，与道翱翔。乘流则逝兮，得坻则止；纵躯委命兮，不私与己。其生兮若浮，其死兮若休；澹乎若深渊之静，泛乎若不系之舟。不以生故自宝兮，养空而浮；德人无累兮，知命不忧。细故蒂芥兮，何足以疑？

果然，贾谊的命运不久后发生变化。汉文帝想起被放逐的贾谊，便想继续重用他。贾谊因此顺利回到京城，与汉文帝在席间畅谈，虽然汉文帝跟他聊了不少鬼神之事，但贾谊显然已经摆脱了放逐者的命运。汉文帝很快便任命贾谊为梁王的太傅，也就是给汉文帝的爱子当老师。贾谊也因此创作了不少精彩的文章，其中不少都是政论和史论，其压抑许久的才华终于得以施展。

精神关联比现实关联更宝贵

贾谊留给后世的史论和政论文章中，最著名者莫过于《过秦论》。贾谊总结秦朝的历史教训，认为不施仁政就会失去人心，进而导致帝国崩溃。贾谊的政治思想中，有明显的荀子一脉的特征，认同自然和历史规律，但他同时也吸收了部分法家思想，这让他的政见中多了几分冷酷的色彩。但贾谊所有想法的出发点，又都是儒家那套对君主的忠诚理念，对社会等级制度的推崇，对有序社会的向往，这让贾谊的思想更像是一个“大杂烩”，只要是对巩固皇权有帮助的思想和政策，都可以推行。

贾谊在著作《新书》中分析了当时的时局，强调了重农抑商的极端必要性，认为过度逐利的商业行为会摧毁世道人心，只有农耕劳作才能巩固社会的根基。只有储存粮食，才能让老百姓获得长治久安的可能。正如贾谊在《论积贮疏》中所说：

夫积贮者，天下之大命也。苟粟多而财有余，何为而不成？以攻则取，以守则固，以战则胜。怀敌附远，何招而不至！今驱民而归之农，皆著于本；使天下各食其力，末技游食之民，转而缘南亩，则畜积足而人乐其所矣。

贾谊政治思想的另一个重要方面，就是主张削弱地方诸侯国的权力。对此，后世史学家已有共识：贾谊比晁错更早提出削藩思想。在《治安策》中，贾谊忧心忡忡地说：

夫树国固，必相疑之势也，下数被其殃，上数爽其忧，甚非所以安

上而全下也。今或亲弟谋为东帝，亲兄之子西乡而击，今吴又见告矣。天子春秋鼎盛，行义未过，德泽有加焉，犹尚如是，况莫大诸侯权力且十此者乎！

贾谊认为诸侯国的地方势力已经威胁到皇权，汉文帝如果想巩固权力，使天下安定，就必须削弱地方的势力。贾谊还特别提到吴王正准备谋反，要汉文帝多加提防。后来的事实也证明了，七国之乱的始作俑者便来自吴国，正是吴王刘濞首先叛乱。不过，贾谊的想法比较激进，想直接削藩，这并未被汉文帝采纳。

从某种意义上讲，贾谊对当时西汉社会问题的认识是比较深刻的，但有些思想过于超前，且没有充分考虑执行的难度和风险。幸好汉文帝没有采纳他的建议，否则七国之乱可能会提前上演，毕竟后来的汉景帝、汉武帝都为朝廷和地方诸侯的复杂关系而头疼，即便是汉武帝发布“推恩令”，也是经历了漫长的过程，才真正削弱了地方诸侯的权力。因此，贾谊的想法是好的，但不顾现实情况而强力推行，显然也不合适。

贾谊确实有天才的一面，但政治经验不丰富，容易陷入过度的预先判断中，这也是他在现实中难以施展才华的现实原因。贾谊年纪轻轻，就敢于直面西汉帝国最要害的问题，这无畏的勇气，源于青年的壮志，但他的寿命和人生经验都没能支撑他将学说变成实践，这是无比令人遗憾的。但考虑到贾谊的一些思想过于超前和激进，这或许又是历史的幸运。毕竟，真实的历史演进，并不能凭借个别英雄人物的澎湃激情来推动，而是要结合时代的现实情况来缓步发展。

贾谊虽然英年早逝，但他的一些思想在后世也得到了实践与验证，这也让他的名气渐长，加上司马迁的“助攻”，贾谊最终与屈原一同成为天下读书人敬仰的对象。

贾谊与屈原不仅有湘水之滨的现实足迹，更有精神世界上的关联，而司马迁与他们的精神契合，也让他们处于一种情感共鸣之中。司马迁罕见地将他们两个不属于同一时期的人物写入同一篇传记中，显然就是出于精神层面的“同构性”。这也体现出司马迁独特的史学思想：精神世界的匹配可能比现实世界中的关联更重要、更宝贵。

因此，《史记·屈原贾生列传》留下了这样的结尾：“太史公曰：余读《离骚》《天问》《招魂》《哀郢》，悲其志。适长沙，观屈原所自沈渊，未尝不垂涕，想见其为人。及见贾生吊之，又怪屈原以彼其材，游诸侯，何国不容，而自令若是。读《鹏鸟赋》，同死生，轻去就，又爽然自失矣。”

相比之下，屈原并没有贾谊那么多理性的政治思想，而后世文人也多从命运多舛和怀才不遇的维度来看待他们。但客观论之，贾谊一生

屈原像

虽然短暂，但从政起点很高，留下的文章也很多，并不能完全算是怀才不遇。更何况，汉文帝十分欣赏贾谊，虽然有过放逐经历，但贾谊有过不少“高光时刻”，也能与汉文帝推心置腹，探讨学问，堪称君臣佳话。相比之下，屈原就得不到楚怀王的信任，还得把对君主的忠贞不渝寄托在文章里，比贾谊更加怀才不遇。

但是，从对于信念的坚守程度上看，贾谊与屈原都是极具理想主义气质的人物，而且或许是年轻的原因，贾谊在宏大的历史变局面前展现的气势似乎更大，倘若给他几十年光阴，他未必不能成长为彪炳史册的改革家。但人生与命运往往就是这样充满遗憾，就在贾谊安心辅佐梁王、准备大展宏图之际，梁王突然坠马而亡，不久后，贾谊也郁郁而终，年仅33岁的生命戛然而止。

贾谊死于公元前168年的长安城里，这是他无数次渴望建功立业的地方。彼时，这座雄伟的帝都正在迎来文景之治，但贾谊再也看不到治世的到来了。

蜀汉的国运转点：从《资治通鉴》和《三国志》复盘夷陵之战

1800 多年前，夷陵的一场大火，毁灭了刘备兴复汉室的梦想。经过这场战争，三国鼎立的形势得以形成，均势格局在短期内无法被打破。夷陵之战在蜀汉开国后不久发生，却成为其国运的转折点，可以说，开局就是艰难的，这也让后来诸葛亮、姜维北伐面对的阻力极大。后世很多文人墨客对夷陵之战中蜀汉的惨败颇为惋惜，认为刘备本不该输，但结合《三国志》《资治通鉴》等史书，细细复盘历史，则会发现败局的必然性。

《三国演义》在第八十三回《战猇亭先主得仇人　守江口书生拜大将》和第八十四回《陆逊营烧七百里　孔明巧布八阵图》中精彩描述了这场战争，让无数读者为刘备的惨败而慨叹，也让人惊叹陆逊的非凡才能，更因诸葛亮没能阻止刘备错误的军事部署而遗憾。《三国演义》中交代诸葛亮没有随军出征，其在得知刘备“七百里连营”后十分担心。书中描述扎营的办法是“移营夹江，横占七百里，下四十余屯，皆依溪傍涧，林木茂盛之处”，这到底是小说的虚构还是确有其事？这样的部署，对夷陵之战的胜败到底起了何种作用？为此，我们还是回到历史现

场，从夷陵之战的前夜讲起。

灭吴还是夺回荆州

夷陵之战正逢刘备建国之初，在军事实力上堪称蜀汉实力的巅峰时期。一方面，刘备有紧跟其左右的起兵时的班底，包括张飞、赵云、简雍、孙乾等，还有以诸葛亮、蒋琬为代表的荆州派精英，后来加入的东州派和益州派在此时与刘备集团的关系也比较和谐。另一方面，曹丕篡汉已成事实，刘备此时扛起汉室正统的大旗，在法统上也正合适。尽管如此，当刘备决定兴兵伐吴时，蜀汉群臣大多还是反对的。这必然会破坏蜀汉和东吴的关系，会让曹魏得利，与兴复汉室的目标是相悖的。更重要的是，蜀汉刚刚立国，最需要休养生息，与东吴修好关系，将来再伺机共同伐魏，这与诸葛亮在《隆中对》中的计划一致。

但刘备给出的理由是为关羽报仇，声称要夺回荆州。张飞被害后，刘备更加重了对东吴的仇恨。《三国演义》对这段历史的叙事颇有戏剧性，但史书上的记载也大体相似。《资治通鉴》记载："汉主将伐孙权，飞当率兵万人自阆中会江州。临发，其帐下将张达、范彊杀飞，以其首顺流奔孙权。汉主闻飞营都督有表，曰：'噫，飞死矣！'"其中细节与《三国演义》基本一致。现实往往就是这样荒诞，关羽和张飞的突然离世，都助推了刘备伐吴的决心。

但刘备毕竟是比较成熟的军事家，尽管其亲自指挥的大规模战役的成功经验不多，但教训不少，即便有报仇雪耻的念头，也不太可能完全丧失理智。因此，从当时的形势来看，刘备伐吴也并非头脑一热，而是经过了周密的部署，蜀汉精锐尤其是少壮派的将士，大多随刘备出征。

公元221年7月，南方正值炎热之时，刘备率领四万多大军，向东征伐，加上归顺的五溪蛮，兵力总共五万多人。虽然与一些文学作品

四川阆中张飞庙

里描述的几十万大军不同，但这在三国时期也算大规模的征伐了。孙权最初期望与刘备讲和，但并未成功，便只好暂时向曹丕称臣纳贡，成为曹魏名义上的藩属国，其由此避免了两线作战，还能得到曹丕口头上的"援助"。事实上，曹丕采取了隔山观虎斗的态度，既没有趁机伐吴，也没有伺机灭蜀。孙权在外交上做好部署工作后，便拜陆逊为大都督，领兵五万多人，向西抵御刘备的进攻。

从此时的形势来看，刘备想一口吞掉东吴是几乎不可能的，即便顺长江而下，起码要面对荆州的阻隔，更何况东吴的辽阔腹地也不是那么容易攻占的。因此，夺回荆州是刘备最有可能实现的目标，但即便如此，他也得打败强大的东吴水军，这对擅长步军作战、水军实力逊色的蜀汉来说，更非易事。因此，刘备的思路是将战线拉长，尽量与东吴在陆上作战。陆逊见刘备大军来势汹汹，便选择固守夷陵一带，与刘备长期对峙。

《资治通鉴》上说："汉人自巫峡建平连营至夷陵界，立数十屯，以

冯习为大督，张南为前部督。自正月与吴相拒，至六月不决。”《三国演义》中讲述刘备七百里连营的故事，虽有夸张的成分，但史书上确实也记载了在漫长的沿江的陆地上，有数十座营寨，从今天的重庆巫山到湖北宜昌，布满了蜀汉的兵力。这段距离有两百多公里，若走蜿蜒的山路，或许真的能有六七百里。因此，《三国演义》称之为“七百里连营”，也是基于事实的虚构。

在后世看来，刘备简直昏了头，把战线拉得太长了，本来就不多的兵力还要分兵，实在荒谬。但是，回到历史现场，我们会发现，刘备这样做恐怕也是不得已而为之。一方面，这段沿江地带地形复杂，若不多设置营盘，分兵把守，一旦被东吴沿着山间小路突进，蜀汉门户白帝城就有危险。另一方面，战争并不只是前线的拼杀，后勤同样重要，尤其是对长期对峙的持久战来说，有稳定和持续的后方补给线，就更加重要。刘备要让军备物资从蜀汉后方源源不断地送上前线，就得依靠这“七百里连营”。

火攻背后的复杂因素

《三国志·先主传》对夷陵之战的经过描述得十分简单，但轻描淡写的背后，却是令人扼腕叹息的历史变局：“二年春正月，先主军还秭归，将军吴班、陈式水军屯夷陵，夹江东西岸。二月，先主自秭归率诸将进军，缘山截岭，于夷道猇亭驻营，自佷山通武陵，遣侍中马良安慰五谿蛮夷，咸相率响应。镇北将军黄权督江北诸军，与吴军相拒于夷陵道。夏六月，黄气见自秭归十余里中，广数十丈。后十余日，陆议大破先主军于猇亭，将军冯习、张南等皆没。”

公元222年2月，趁着天气较为寒冷的时候，刘备将重兵沿着长江驻守在夷陵一带，刘备率领主力在南岸，又命黄权在北岸。陆逊的先头

部队却固守不出，一直跟刘备对峙。到了6月，天气终于炎热起来，陆逊心生一计，夷陵一带山林茂密，若趁着东风吹起，采取火攻，刘备必败。事实上，利用天气变化影响战争胜败，在古代是常用的战术。后世对此时常抱有遗憾：为何刘备想不到陆逊可能会火攻呢？难道刘备身边没有靠谱的谋士提醒他吗？

我们对此不能忽视史书上记载的一个细节，不论是《三国志》还是《资治通鉴》，都提到陆逊在下令火攻之前，曾试探性地攻打了蜀军的一个营地，但没有成功，还遭到了手下将领的质疑。但陆逊因此更加胸有成竹，他对属下说，自己已有了破敌之策。因此，陆逊在大决战之前，通过小规模的战斗，先了解蜀军的底细，找到刘备的软肋，这才结合实际情况决定火攻。因此，我们很难说，从一开始陆逊就已经想到了通过火攻来破敌，只能说这是方案之一，而此前的长期对峙，也消磨了刘备

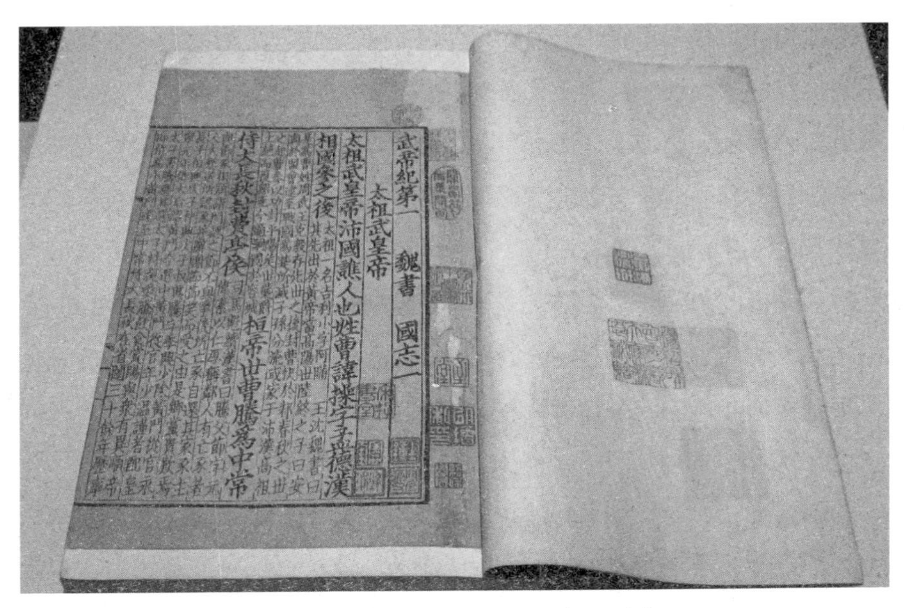

武帝紀第一　魏書　國志一

太祖武皇帝

太祖武皇帝沛國譙人也姓曹諱操字孟德漢相國參之後

桓帝世曹騰為中常侍大長秋封費亭侯

国家典籍博物馆收藏的宋刻本《三国志》

的战斗意志和后勤补给的时间，这也让陆逊更加了解对手的真实情况，进而制定更精准的作战方案。《孙子兵法》上说“后人发，先人至者，此知迂直之计者也”，陆逊把后发制人的军事思想在现实中妙用，但这却给刘备带来了灭顶之灾。

《资治通鉴》上说：“乃敕各持一把茅，以火攻，拔之；一尔势成，通率诸军，同时俱攻，斩张南、冯习及胡王沙摩柯等首，破其四十余营。汉将杜路、刘宁等穷逼请降。汉主升马鞍山，陈兵自绕，逊督促诸军，四面蹙之，土崩瓦解，死者万数。汉主夜遁，驿人自担烧铙铠断后，仅得入白帝城，其舟船、器械，水、步军资，一时略尽，尸骸塞江而下。”陆逊命令手下各自持有火把，焚烧刘备的营盘，攻占蜀军的根据地。一时间，长江沿岸的山林里火光四起，茂密的植被与干燥的天气加剧了火势，让蜀军在几乎没有防备的情况下，损失极其惨重。张南、冯习、沙摩柯等将领阵亡，杜路、刘宁等人投降。刘备被杀得措手不及，损兵折将，不得不沿着山间小路向西逃亡。之所以不走水路，是因为吴军的战船还在江面上，很容易赶上来，而山间小路看似艰险，却有更多藏身之处。但即便如此，刘备还是差点被吴军追上，幸好有傅彤断后，拼死抵抗吴军。面对敌军，傅彤吼道：“吴狗，安有汉将军而降者！”这句话不仅被记入了史书，也出现在《三国演义》里，罗贯中为了彰显傅彤的忠义，还赋诗一首：“彝陵吴蜀大交兵，陆逊施谋用火焚。至死犹然骂吴狗，傅彤不愧汉将军。”傅彤最终寡不敌众，战死沙场，但刘备也因此捡回一条性命，在亲兵都纷纷战死后，几乎是一个人逃回了白帝城。

陆逊知道仅凭当时东吴的实力，是没法灭掉蜀汉的，重创刘备的军队，已经完成了既定目标，便不再追赶刘备。刘备受此打击，一病不起，不久后病逝。诸葛亮派人与东吴修复关系，此后几十年，两国之间

也基本上维持了和平。

复盘整个过程，陆逊的火攻计策发挥了决定性的作用。刘备还没走到东吴腹地，就惨遭大败，连夺回荆州的目标都没完成，实在令人叹息。从战略上看，刘备想夺回荆州，并非一定失败，如果稳步进军，可能性还是较大的。但是，刘备在战术上远不及陆逊，而陆逊能够通过观察和小规模的战斗经验，来推测刘备的军事部署和防御思路，可谓见微知著。

在古代行军打仗，如何利用自然界的风云变化来制定战法，十分考验主将的能力。夷陵古战场所在的宜昌市猇亭区，如今六七月份的平均气温在 30℃以上，有时能达到 32℃。虽然三国时期气温比现在低一些，但盛夏时节的夷陵，仍是十分炎热的。这也是刘备在冬天已经驻军但陆逊坚决死守的原因之一，在冬季行军，对东吴十分不利，而到了炎热的夏天，陆逊与诸将已经以逸待劳很久，加上天气的“助攻”，便可大举出兵。而战争结束后，陆逊若想进兵川蜀，就到了秋季，很快要面对寒冷的冬季，如此一来，优势方可能就成了蜀汉，毕竟诸葛亮和不少益州派精英都还守在成都，面对远道而来的东吴军队，防御优势十分明显。何况，川蜀自古都是易守难攻之地，若不是邓艾偷渡阴平成功，刘禅后来也不会轻易投降。因此，维持夷陵之战后的双方均势，才是对东吴最有利的选择。

宋末史学家胡三省对此评价“曹公不追关羽，陆逊不再攻刘备，其所见固同也。以智遇智，三国所以鼎立欤”，可谓精妙的评判。在谁也没法吞掉另一方的时候，保持均势是最佳选择。对魏蜀吴三国来说，曹魏长期以来都是最有实力的，但由于蜀吴联盟，若攻打其中一方，必然会受到另一方的牵制。

诸葛亮在夷陵之战后，就立刻拿出与东吴结盟的态度，不仅是从

自身情况出发的判断，也符合东吴的利益。蜀吴两国确实属于“一损俱损”的关系，到了蜀汉灭亡后，东吴仅仅坚持了十几年就被灭了，这还是在魏晋更替、晋国内部不够稳定的前提下，如果没有这些特殊情况，东吴的灭亡会更快。从这个意义上讲，夷陵之战中刘备的失败，其实也是蜀吴关系破裂下的一个无奈结果，但历史的吊诡之处就在于现实往往不以人的预想来演进，空留无数遗憾令后世慨叹。

隐藏的春秋笔法:《晋书》中的曹髦之死

曹髦之死是三国时期非常重要的历史事件，也是司马氏吞食曹魏政权的关键一步，因为成济在光天化日之下当街弑君，也让此事增加了戏剧性，包括《三国演义》在内的后世文学作品也对曹髦之死多有演绎，“司马昭之心，路人皆知”这句话也广为流传。但是，作为距离此事发生时间最近的历史记载，陈寿的《三国志》中关于曹髦的史料却有些吊诡：并没有详细记载弑君的详细过程。陈寿在《三国志》中到底隐藏了什么？

陈寿笔下的曹髦之死

自从司马懿发动高平陵之变后，曹魏皇帝的大权就开始衰落，司马懿和司马师不断加强对朝廷的控制，皇帝也逐渐变成了傀儡。曹魏一共5位皇帝，除了早期的曹丕和曹叡外，后面的曹芳、曹髦、曹奂3人都是傀儡。但即便是傀儡，也有无限隐忍者和伺机反抗者，如果说曹芳和曹奂是前一种皇帝，那么曹髦无疑就是后者，是不愿忍受司马氏压迫、誓死也要捍卫皇室尊严的人。他也因此被当街弑杀，最终草草埋葬，只落得一个高贵乡公的名号，连皇帝的谥号都没有。

曹髦为何成为历史上罕见的以死抗争的帝王？细究《三国志》中的相关记载，可以还原一个形象鲜活的曹髦。《三国志》用大量篇幅记录了曹髦勤学善思、贤明有德的一面，如果不是后来被司马氏杀害，这简直就是一个盛世明君的早年形象。“少好学”是陈寿对曹髦早年最精准的评价，甚至他在史书上花了大量笔墨，来讲曹髦与文人们探讨学问的故事。《三国志》记载：“十月己丑，公至于玄武馆，群臣奏请舍前殿，公以先帝旧处，避止西厢；群臣又请以法驾迎，公不听。庚寅，公入于洛阳，群臣迎拜西掖门南，公下舆将答拜，傧者请曰：‘仪不拜。’公曰：‘吾人臣也。’遂答拜。至止车门下舆。左右曰：‘旧乘舆入。’公曰：‘吾被皇太后徵，未知所为。’遂步至太极东堂，见于太后。其日即皇帝位于太极前殿，百僚陪位者欣欣焉。”

曹髦在登基前后的表现，可谓非常注重礼仪，很有分寸感。《三国志》讲到众大臣去迎接曹髦的时候，曹髦不仅没有任何高人一等的姿态，反而十分谦恭，臣子说他可以乘车进宫，但他却说，在正式登基之前，应该与臣子一样，不能僭越。直到他登基称帝后，才使用天子仪仗，这让文武百官十分欣赏。曹髦当时才13岁，竟然如此遵守礼仪，通晓人情，已经展现了他出色的政治家的一面。他身边的人对他非常钦佩，钟会就称赞他“文同陈思，武类太祖”——文治武功堪比曹植、曹操，简直就是一代雄主。

或许正是过早地展现出超凡的才华与品质，曹髦才引起了司马氏的警惕，司马师、司马昭是不会放过他的。随着曹髦的成长，他越发不能容忍自己傀儡的身份，发誓一定要夺回被司马氏掌控的权力。为了抒发心中的愤懑，他写了一首《潜龙诗》：“伤哉龙受困，不能越深渊。上不飞天汉，下不见于田。蟠居于井底，鳅鳝舞其前。藏牙伏爪甲，嗟我亦同然！”顾名思义，就是潜在暗处的真龙，囿于困境，只能暂时隐忍，若有时机，必冲上云霄，一展雄姿。

到了甘露五年（公元260年），曹髦再也无法忍受掌权的司马昭随时可能对他下手，他感到自己危机重重，决定奋力一搏。当年五月，他主动向司马昭发起挑战，亲率兵卒，杀向司马昭的府邸。此后便发生了后世熟知的弑君故事：司马昭手下的贾充，指使成济亲自杀了曹髦，而且是当街弑君，司马昭虽然假装此事与自己无关，却无法逃脱世人的眼睛，最终以弑君者的形象在历史上定格。

吊诡的是，大段记述曹髦生平事迹的《三国志》，却在如此重要的历史事件上惜字如金，只用了“五月己丑，高贵乡公卒，年二十”这句话，就如此一笔带过了，也没说曹髦是怎么死的。《三国志》的作者陈寿曾经是蜀汉大臣，蜀汉灭亡后仕于西晋，专心撰写史书。陈寿的史学写作风格以简洁著称，但有时记载过于简单了，让一些重要的历史事件和人物也变得模糊起来，留下了诸多遐想的空间。对于曹髦之死，陈寿就采取了极简的叙述风格，但他也不得不如此。陈寿的故国蜀汉已经灭亡，写《三国志》时正是司马家的人在做皇帝，那么对于司马氏夺取政权中的一些不堪的过往，只能有所避讳。但是，陈寿又是严肃的史学家，出于对历史和后人负责的态度，他又不能胡编乱造，毕竟“不隐恶”是史官的基本操守。因此，在曹髦之死这一事件上，陈寿就采取了奇妙的春秋笔法，虽然没有明写司马昭弑君，但直接把曹髦死后、郭太后下诏的内容全盘放在《三国志》里，其中黑白善恶，便十分明晰了。诏书上说：“吾以不德，遭家不造，昔援立东海王子髦，以为明帝嗣，见其好书疏文章，冀可成济，而情性暴戾，日月滋甚。吾数呵责，遂更忿恚，造作丑逆不道之言以诬谤吾，遂隔绝两宫。其所言道，不可忍听，非天地所覆载。吾即密有令语大将军，不可以奉宗庙，恐颠覆社稷，死无面目以见先帝。大将军以其尚幼，谓当改心为善，殷勤执据。

而此儿忿戾，所行益甚，举弩遥射吾宫，祝当令中吾项，箭亲堕吾前。吾语大将军，不可不废之，前后数十。此儿具闻，自知罪重，便图为弑逆，赂遗吾左右人，令因吾服药，密因鸩毒，重相设计。事已觉露，直欲因际会举兵入西宫杀吾，出取大将军，呼侍中王沈、散骑常侍王业、尚书王经，出怀中黄素诏示之，言今日便当施行。吾之危殆，过于累卵。吾老寡，岂复多惜余命邪？但伤先帝遗意不遂，社稷颠覆为痛耳。赖宗庙之灵，沈、业即驰语大将军，得先严警，而此儿便将左右出云龙门，雷战鼓，躬自拔刃，与左右杂卫共入兵陈间，为前锋所害。此儿既行悖逆不道，而又自陷大祸，重令吾悼心不可言。昔汉昌邑王以罪废为庶人，此儿亦宜以民礼葬之，当令内外咸知此儿所行。又尚书王经，凶逆无状，其收经及家属皆诣廷尉。”

郭太后这封诏书是在司马昭的威逼之下写就的，所以内容十分离谱，全文都在谴责曹髦的暴虐。诏书中甚至还说，曹髦想射杀郭太后，幸亏司马昭救援及时，他手下的将军阻拦了曹髦，而曹髦也死在乱兵之中。这封诏书将曹髦的死看成恶有恶报，认为这是大逆不道，应该把曹髦贬为庶人，以平民的身份下葬。

这显然与陈寿在《三国志》里前面大段记载曹髦贤明仁德的形象不符。把司马昭强迫郭太后写的诏书内容放在这里，简直就是对司马昭的“高级黑”，看似在赞扬司马昭，其实通过对比叙述，已经把司马昭的虚伪、奸诈展现得淋漓尽致了。而且，如果司马炎不仔细看，他就意识不到陈寿在《三国志》里用了春秋笔法来描写司马昭，而且相关信息隐藏在曹髦的传记里，确实不易被发现。这不仅能最大限度地保护史官的安全，也保护了这段历史记述的真实性。

耐人寻味的是，似乎是为了记录下这个重大历史变局下不同臣子的形象，陈寿还专门点了侍中王沈、散骑常侍王业、尚书王经三人的名

字。这三人原本都是曹髦身边的亲信，但在危急时刻，只有王经誓死捍卫曹髦，而王沈、王业为了保命，把曹髦准备发兵反抗的想法及时报告给司马昭，背叛了曹髦，这成为曹髦抗争失败的重要因素。是忠臣还是小人，只有在危急关头才能看出来，这就是陈寿要告诫世人的道理，但他没有直接褒贬，毕竟这些历史人物距离陈寿生活的年代太近了，很多人的后代都还在，甚至还把控着权力。陈寿的微言大义与春秋笔法，已经尽可能地把历史最真实的一面记录下来。

宁为玉碎，不为瓦全

在唐初房玄龄等人撰写《晋书》时，距离司马昭弑君已经过去了几百年，便不会再有什么避讳的必要，因此《晋书》中的相关内容就十分清晰了。

《晋书》中《帝纪》第二章专门记录司马师和司马炎的故事，也提到了曹髦之死："五月戊子夜，使冗从仆射李昭等发甲于陵云台，召侍中王沈、散骑常侍王业、尚书王经，出怀中黄素诏示之，戒严俟旦。沈、业驰告于帝，帝召护军贾充等为之备。天子知事泄，帅左右攻相府，称有所讨，敢有动者族诛。"王沈、王业和王经三人的名字也出现在这里，前两人的告密者形象，已经在历史上定格。《晋书》中此处的"帝"，指的就是司马昭，"天子"就是指曹髦。准备抗争的想法已经泄露，曹髦只能率领亲兵朝着司马昭的府邸奔去，还威胁前来抵挡的兵卒，谁敢挡道，就诛灭其族人。虽然曹髦长期是傀儡皇帝，但他毕竟有皇帝的身份，当时的普通臣子和士兵还是很畏惧的，更不敢担上弑君者的骂名。

直到曹髦率众遇到司马昭的亲信贾充，才被拦下。双方对峙之时，贾充手下的成济抽出长戈，当场刺杀曹髦。这段故事后来被罗贯中写入

《三国演义》，经过历代演绎，成了脍炙人口的故事。从内容来看，《三国演义》的叙述与《晋书》的记载大致相同，历史的真相就是成济在此事中成了“背锅”者，后来司马昭为了安抚人心，就将成济灭族。而贾充是司马昭最信任的人之一，自然不能抛弃，反而后来随着司马炎篡位，建立晋朝，贾充也成了从龙功臣，家族兴旺，成了世家大族。但也正是贾充的女儿贾南风，后来成为“白痴皇帝”晋惠帝司马衷的皇后，祸乱朝政，酿成了“八王之乱”，最终毁掉了晋朝。不能不说，历史在此非常荒诞，成就司马家的人，最终也是毁灭司马家的源头之一。

从历史影响上看，司马昭弑君动摇了司马家族建立政权的合法性，“得国不正”的阴影始终笼罩在晋朝历代皇帝的头上。在强调忠孝的古代社会里，弑君者自然不能称为“忠”，于是只能勉强在“孝”上做文章，这也导致晋朝在意识形态上无法以忠义束缚臣民的行为，民心丧乱来自上层，社会动荡不安，自然也为后来十六国乱世埋下了种子。

司马昭与贾充虽然一时成功，却在历史上留下了恶名，反而是失败的曹髦，因其宁为玉碎、不为瓦全的性格，在史书上留下了短暂却耀眼的光芒。历史上有很多傀儡帝王，郁郁而终者居多，被谋害者也不少，只有极少数勇于反抗，而且曹髦为了这次奋起抗争，能够隐忍多年，精心准备。人们往往偏爱那些“失败的英雄”，比如荆轲、项羽，他们在面对比自己强大多倍的对手时，依然没有低下头，誓死捍卫尊严，这就是源自世人内心深处的血性，平民如此，帝王亦如此。

大汗挥鞭：多种史籍里的成吉思汗西征

公元1219年，在成吉思汗建立大蒙古国仅仅13年后，他就率领蒙古大军劳师远征，兵锋直指位于中西亚的花剌子模。这场西征对当时的亚洲政治局势影响重大，但是，成吉思汗西征的历史，在汉语史书上记录并不详尽，后世想了解这段历史的来龙去脉，还要阅读外国史料。这到底是什么原因呢？成吉思汗又为何要征伐遥远的花剌子模？

讹答剌事件：蒙古为何西征花剌子模

《元史》虽然是“二十四史”里元朝历史的正典，但有关成吉思汗西征的记录却很简略，只是一笔带过。蒙古西征的第一站，与花剌子模对战讹答剌的前前后后，在《元史·太祖本纪》里就一句话：“夏六月，西域杀使者，帝率师亲征，取讹答剌城，擒其酋哈只儿只兰秃。”这里的哈只儿只兰秃，就是讹答剌的守将亦纳勒术的另一个音译名，在拉施特的《史集》里，其译名为亦纳勒出黑。因为翻译的来源不同，很多蒙元时期的人名都有不同的译法，如成吉思汗麾下名将哲别，也译作“者别”，元太宗窝阔台，旧译名为“斡歌歹”。花剌子模的苏丹（又译为算端，与皇帝、可汗同义）札兰丁，也曾译作“札阑丁”，在《新元史》

里，其译名则为“札剌勒丁”。《元史》《史集》《世界征服者史》等史书的汉译蒙古人名，存在较大差异的情况，可谓相当普遍。为方便起见，今人称呼其名，多用最常见、最简约的译法。

讹答剌位于花剌子模东部，是古代丝绸之路上的重镇，有高大坚固的城墙，守将亦纳勒术是成吉思汗的仇敌。《元史》上说的“西域杀使者”，可谓语焉不详，在其他史书里却有详细记录。按照《蒙古秘史》的说法，成吉思汗的蒙古大军，原来与花剌子模“井水不犯河水”，两国甚至还相当友好。为了打通商路，成吉思汗派出一支500人的蒙古商队，跋山涉水，来到花剌子模。但守卫花剌子模东部重镇讹答剌城的亦纳勒术非常贪婪，竟然诬蔑蒙古商队的人都是间谍，当众处死他们，只有少数人侥幸逃回蒙古。成吉思汗原本还觉得这可能是个误会，又专门派使者出使花剌子模，却被其苏丹摩诃末杀害。至此，成吉思汗的怒火被彻底点燃了，一场规模浩大的灭国级别战争终于爆发了。

对于此事，晚清史学家柯劭忞编著的《新元史》，在外国列传里记录的内容比《元史》里的要多，弥补了《元史》里关于中西亚国家记载不多的遗憾。《新元史》在《列传外国六・西域上》篇里，大致记录了花剌子模与蒙古交战的过程，尤其是成吉思汗出兵花剌子模的理由，记录得比较清楚，在汉文史料里比较难得：“未几，又有西域商自东还，太祖命亲王、诺延各出赀，遣人随之西行购土物，众四百余，皆畏兀人。行至讹脱喇儿城，城酋伊那儿只克为土而堪哈敦之弟，悉拘之，以蒙古遣细作告于王。王令尽杀之，惟一人得逸归。”

这场战争的细节，也见于《世界征服者史》，这是一部13世纪的伊尔汗国的史学家志费尼撰写的著作，记录了大量汉文史料里稀缺的蒙古西征的历史。志费尼所处的年代，距离成吉思汗西征并不遥远，很多记录都很鲜活，而且他有明显的波斯“宫廷史学家”的特点，能接触大量珍稀的历史档案，但也有修辞过度、文学性太强的问题。比如，《世界征服者史》里专章讲述讹答剌之战的《征服世界的汗征讨算端的国土和讹答剌的陷落》，就用夸张的笔法，描述蒙古大军的强悍实力："杀气腾腾，连闪电都不敢向前迈步，霹雳也不敢高声布道。"虽然这样的描述很夸张，但讹答剌城确实无法抵挡成吉思汗的大军。很快，蒙古大军就击败了花剌子模人，俘虏了亦纳勒术，并将水银灌入他的眼睛，以极其残忍的方式将其处死。

攻城略地：蒙古军攻灭花剌子模

在攻克讹答剌之后，成吉思汗进军更加顺利了。他兵分多路，派手下的将领分别攻城略地，最后会师于花剌子模的首都撒麻耳干。花剌子模一个个军事与文化重镇都陷落了，讹答剌、忽毡、不花剌、毡的、撒麻耳干……甚至连旧都玉龙杰赤都被蒙古军占领了。花剌子模的秃儿罕太后被俘虏，摩诃末苏丹的多个皇子被杀害，连他自己都不得不一路逃窜，最后逃到里海的一个小岛上，染病身亡。按照《新元史》的记载，摩诃末的穷途末路可谓相当凄惨："舟至东南小岛，王忧愤，兼胸胁中塞，岛民供粗粝不能食，又无医药。病革，召其子札剌勒丁、鄂斯拉克沙、阿克沙，命札剌勒丁嗣位，以佩剑系其腰。越数日，卒，无以为殓，埋尸土中。"

摩诃末曾经也是威震一方的帝王，却在花剌子模近乎版图最大的时候，被成吉思汗突然击溃。究其原因，除了摩诃末苏丹在军事上指挥失误、准备不充分外，也与花剌子模内部不团结有关。

原来，秃儿罕太后虽然是摩诃末苏丹的母亲，却并不完全站在他的立场上，她代表康里人的利益，与摩诃末苏丹存在严重的冲突，秃儿罕太后频频插手花剌子模的军事和政治事务，甚至有一些才能的札兰丁

王子也在其干预下而不能成为摩诃末苏丹的继任者。直到摩诃末苏丹临终，花剌子模即将灭国之时，札兰丁才被立为新苏丹，并率领花剌子模人抵抗蒙古大军。

花剌子模的失败并不算耻辱，因为当时蒙古大军的作战实力，在亚欧大陆很难找到敌手。除了蒙古大军本身强大的机动作战能力外，成吉思汗在征伐金国时俘虏的汉人工匠，以及他们掌握的攻城机械，也给西征提供了巨大的技术支持。《元史》对于成吉思汗攻占花剌子模各个城池的过程，不如《新元史》记录丰富，更不如《世界征服者史》记载得详细。但在13世纪的亚洲，东亚与中西亚的联系已经相当紧密了。尽管这个联系过程，早期主要是以战争的残忍形式来开展的。对此，我们不能因为其在客观上促进了经济、技术与文化上的交融，就忽视当时因为战争而流离失所、妻离子散的民众的痛苦。

对于花剌子模人来说，蒙古大军灭掉了他们好不容易崛起的国家，在成吉思汗西征后，本来就是多种文明叠加而成的花剌子模，并没有迎来复国的曙光，这片土地上的政权还在不断更迭，却再也没有一个庞大而独立的花剌子模人的国家了。摩诃末苏丹的继任者札兰丁，一度以强势姿态对抗成吉思汗，甚至在八鲁湾之战大败失吉忽秃忽率领的蒙古军，连成吉思汗喜欢的孙子、察合台的嫡长子木阿秃干，都在这场战役里战死了。这是蒙古西征途中罕见的惨败，但这并没有给札兰丁带来多少翻盘的机会，反而招致蒙古军更猛烈的报复。最终，札兰丁不得不放弃花剌子模的故土，带着极少数残兵败将逃往印度。

追击札兰丁：成吉思汗几乎攻入印度

到了战争的尾声，蒙古大军也感到疲惫，但成吉思汗追击札兰丁、彻底灭掉花剌子模的目标，却并未因此而消失。

有一本元代的史书《圣武亲征录》，以简洁的笔法记录了成吉思汗的历史，虽然其作者已不可考，却留下了有关成吉思汗西征的只言片语。关于成吉思汗与札兰丁的最后一战，《圣武亲征录》里记载："札阑丁脱身入河，泳水而遁。遂遣入剌那颜将兵急追之，不获。"《元史》的说法，也很简单："札阑丁遁去，遣八剌追之，不获。"不过，《元史》关于这段历史的信息量更大，还提到了一个叫八剌的将军的名字，他被成吉思汗下令追击札兰丁。而且，《元史》也给出了这起追击事件的结果："是岁，帝至东印度国，角端见，班师。"原来，札兰丁在决战中侥幸逃脱，一直逃到了印度北部，成吉思汗也派人追了过去，却见到了一个叫角端的怪兽，只好班师回撤了。这个角端其实就是古代神话里常见的用端，但史籍里多写为角端，角端、用端混用，其实是一回事，就是麒麟一类的祥瑞之兽。

角端事件在《元史·太祖本纪》里没有详细记载，但在《元史·列传第三十三》里，却有相当戏剧化的记录。这一篇传记，是耶律楚材、粘合重山、杨惟中三人的合传，但主要是讲述耶律楚材的生平。据其记载："甲申，帝至东印度，驻铁门关，有一角兽，形如鹿而马尾，其色绿，作人言，谓侍卫者曰：'汝主宜早还。'帝以问楚材，对曰：'此瑞兽也，其名角端，能言四方语，好生恶杀，此天降符以告陛下。陛下天之元子，天下之人皆陛下之子，愿承天心，以全民命。'帝即日班师。"原来，耶律楚材在角端事件里扮演了非常重要的角色。成吉思汗选择结束西征花剌子模，与此事有直接关联。表面上看，是成吉思汗相信上天的旨意，听取了耶律楚材的班师建议，但从其实际情况来看，虽然蒙古大军成功击败花剌子模，但其劳师远征多年，将士疲惫不堪，且远离蒙古故土，十分需要休养生息。而且，蒙古的世仇金国，以及多次激怒成吉思汗的西夏，此刻都还没被灭掉，还在与蒙古激烈对抗。从长远的战略

内蒙古鄂尔多斯的成吉思汗陵

目标来看，成吉思汗也不得不班师了，而角端事件不过是增加其班师的合理性的说辞而已。

《新元史》在《列传外国六·西域上》篇里，对于追击札兰丁与蒙古军班师的过程，提供了更加丰富的史料："闻其欲渡河，即夕列阵围之。晓而战，先败其右翼，获阿敏玛里克，杀之。未几左翼亦败，中军仅七百人，犹死战。太祖欲生禽札剌勒丁，命诸将环攻，勿发矢。札剌勒丁策其马，自数丈高崖投入印度河，泅水而逸。获札剌勒丁妻、子，尽杀之……寻遣巴剌、土尔台渡印度河追之，破壁耶堡，蹦轹木而滩、拉火耳、费耳沙波儿、蔑里克波儿等地，不知札剌勒丁所在，攻木而滩城未下，大暑，遂班师。"从这段史料来看，原来，在札兰丁逃向印度的时候，其妻子与儿子已被蒙古军俘获，而且全被杀掉了。这是前面的史料没有提到的细节。此外，奉命追击札兰丁的蒙古将军，除了多次在史书上出现的巴剌，还有一个叫土尔台的人，但此人不见于其他史料中，并未留下其他生平事迹。蒙古大军在追击扎拉丁的过程中，还顺便

攻灭了耶堡、马踏木而滩、拉火耳、费耳沙波儿、蔑里克波儿等地，这些城市大概位于印度河以东的平原地带，具体是在今天的哪些地方，由于缺乏相应的史料，已不可考。总而言之，为了扫清札兰丁率领的花剌子模残余力量，成吉思汗曾经兵跨印度河，进入印度北部区域。但由于当地十分炎热，又找不到札兰丁，远征已无意义，成吉思汗最终只好选择班师，结束了这次规模浩大的西征。

回到蒙古老家的成吉思汗随即准备攻灭西夏，而成吉思汗的长子术赤以西征的领土成果为基础，建立金帐汗国。此后，札兰丁回到故土，曾多次尝试复国，但最终以失败告终。

迟到近两百年的平反：透过典籍回顾壬午之难

明朝万历四年（公元 1576 年），坐稳皇位不久的万历皇帝突然谈起近两百年前的一段历史，为当时被残酷清洗和打击的忠臣平反昭雪。《明史》有言："神宗初，有诏褒录建文忠臣，建表忠祠于南京，首徐辉祖，次孝孺云。"徐辉祖、方孝孺等人，直到此时才被正名，其忠肝义胆得到了明朝官方的认可。此前，这些被处决、灭族的建文旧臣，一度被打入历史另册，长期以来是明朝官方不愿触及的敏感人物。这到底是怎么回事？

公元 1402 年，燕王朱棣起兵"靖难"，一路南下，攻入南京。原来帮助建文帝出谋划策、与朱棣英勇作战的名臣良将们，只要不愿投降的，大多成了朱棣残忍屠戮的对象。根据史书记载，当时满朝文武多达 600 多人，只有 29 人投降朱棣。朱棣深知自己得位不正，恐怕人们不服，便大开杀戒，从建文旧臣开始，一口气杀了一百多位大臣，受牵连者更是不可计数。清朝初年的史学家谷应泰在撰写《明史纪事本末》时，拿出专章《壬午殉难》来记录这些遇难忠臣的名字与事迹。如今读来，仍是字字皆血，令人慨叹。

最知名的遇难者当属方孝孺。朱棣曾经希望拉拢他，让他为自己站台，毕竟方孝孺在建文旧臣和天下读书人心目中有很高的地位。然而，方孝孺认为朱棣的做法就是叛乱，如果自己成了朱棣的代言人，就与自己过去一直提倡的忠义精神完全相悖了。虽然后世有不少认为方孝孺是“腐儒”的声音，不赞同其愚忠之态，但从当时的历史情境来看，方孝孺毕竟坚守了自己的信念，决不愿意背叛建文帝。朱棣见无法劝降方孝孺，终于怒不可遏，对其施以极刑。《明史纪事本末》有记载：“初，籍十族，每逮至，辄以示孝孺，孝孺执不从，乃及母族林彦清等、妻族郑原吉等。九族既戮，亦皆不从，乃及朋友门生廖镛、林嘉猷等为一族，并坐，然后诏磔于市，坐死者八百七十三人，谪戍绝徼死者不可胜计。”

很多建文旧臣命运之悲惨，也不亚于方孝孺，而且，他们在临终之前，也都大义凛然，与朱棣的残忍与暴虐形成了鲜明对比。比如，在洪武二十七年（公元 1394 年）高中榜眼、后被任命为左佥都御史的景清，一开始假装投降，实际上是为了寻机刺杀朱棣。有次在朝堂之上，朱棣察觉出异样，便命人搜身，当场就发现景清身藏利刃。见事情已经暴露，景清就直接在朝堂上高喊“为建文帝报仇”。朱棣大怒，当场下令以极端残忍的方式处死景清：“乃命剥其皮，草椟之，械系长安门，碎磔其骨肉。”但是，朱棣还是非常心虚的，总担心手下不服，有人要谋害他，以至于在晚上都无法安睡。他有次做噩梦，就梦见景清变成厉鬼，手持利剑，扑上御座，寻他报仇。朱棣醒来，更加害怕了，其实此时他已基本坐稳皇位，但还是不放心，便命人去景清老家，杀掉其全部亲族，连村子里的人都被屠杀了。史书上有关这段历史的文字，读来让人心惊胆战：“命赤其族，籍其乡，转相扳染，谓之瓜蔓抄，村里为墟。”虽然古代政治斗争很残酷，但朱棣对政敌之阴狠毒辣，在历史上都是罕见的。

建文时期的副都御史茅大方，也是一位忠臣，他听闻朱棣起兵反叛后，就赋诗一首："幽燕消息近如何？闻道将军志不磨。纵有火龙翻地轴，莫教铁骑过天河。关中事业萧丞相，塞上功勋马伏波。老我不才无补报，西风一度一悲歌。"可惜，茅大方的才华并没有得到真正的重用，建文帝用人不明，导致军事上溃败，最后被朱棣夺取江山。茅大方宁死不降朱棣，被朱棣下令处死，其妻儿乃至孙辈都受到牵连："与其子顺童、道寿、文生同日弃市。二孙添生、归生死狱中。妻张氏发教坊，病死，命弃其尸。"茅大方和其子孙被杀后，朱棣还不解恨，便命人将其妻子张氏投入教坊，沦为官妓。当时张氏的年纪也不小了，很快就病死了。朱棣听说这件事后，竟然连死人都不放过，还要刻意羞辱其尊严，竟然下了一道圣旨："着锦衣卫分付上元县，抬去门外着狗吃了。"这些隐微的细节都隐藏在万卷史书之下，如果不细读典籍，很容易忽视这些历史。但细读之后，却又会发现不少像朱棣这样的"大人物"的背后竟还有如此恶毒的一面，它们未必会成为官修正史上的显著信息，却不可能真正消失。

仅仅在《明史纪事本末》里，像茅大方这样的忠臣英烈就有很多。随便列出几个人的事迹，就足以令人扼腕叹息。比如礼部尚书陈迪，在受刑时依然大义凛然，毫无惧色。史书上说："文皇登极，召迪责问，迪抗声指斥，并收其子凤山、丹山等六人，同磔于市。将刑，凤山呼曰：'父累我。'迪叱勿言，谩骂不已。命割凤山等鼻舌食迪，迪唾，益指斥，遂凌迟死。宗戚被戍者一百八十余人。"这样的人物还有很多很多："刑部尚书暴昭被执，抗骂不屈，文皇大怒，先去其齿，次断手足，骂声犹不绝，至断颈乃死……大理寺丞邹瑾，与甥魏冕同殴徐增寿于朝，请诛之。京师陷，自杀。诏诛其族，凡男妇四百四十八人……监察御史董镛，会诸御史中有气节者于镛所，相誓以死。后被执论死，女发

教坊，姻族死戍者二百三十人……徽州府知府陈彦回，奉命募义勇至京师赴援，被擒不屈而死，妻屠氏为奴……”寥寥几笔，就是无数人的悲惨命运。

在很多人心中，谁在历史转折时刻选择了忠义，又有谁一度卑躬屈膝、摇尾乞怜，其实不难看出。即便是明朝皇帝，也深知这一点，因此在朱棣死后，其子朱高炽就为一些在壬午之难中被杀的忠臣平反了。但“靖难”毕竟是朱棣及其后人统治合法性的重要来源，朱棣的继承人也不敢全盘否定朱棣的做法。直到万历年间，靖难之役后的腥风血雨早已成为历史，建文与永乐激烈斗争的刀光剑影也已远去，万历及其臣子们可以比较客观和平静地看待这段往事了。而且，从有助于自身统治的角度来看，万历当然希望手下的人都成为方孝孺、齐泰、景清等有骨气的忠臣，而不是那些轻易投降的“软骨头”。

虽然到了明朝末期，建文忠臣终获平反昭雪，但对死去的人来说，他们当时承受的痛苦是无法消除的，其少数侥幸存活的后人在一百多年里忍受的耻辱，也是难以消弭的。细读典籍，会看到这类事件并不绝于史书，而其中荣辱成败，也终究化为历史的尘埃。

第三辑

在典籍细节中探索奥秘

低调的记录:《太史公自序》如何讲述祖先故事

家谱是记录家族历史最重要的载体，普通人的名字与人生很难被记入史书，却可以被写进家谱，进而被后世子孙铭记。但是，经过千百年的时光淘洗，家谱也会中断与消失，如今多数国人的家谱也只能追溯到明朝。除了孔子家族等极少数人，人们很难确知自己上古时期的祖先是谁。古人在此问题上，有同样的困惑，甚至连朱元璋当了皇帝之后，想搞清楚祖先是谁，最早也只能追溯到五世祖朱仲八——一个生活在南宋中晚期的普通农民，再往前追溯的先人，就完全不可考了。

从重黎到司马错

相比之下，司马迁就幸运多了，他的家族传承和迁徙轨迹大致是清晰的，甚至能将祖先追溯到五帝时期，这也是他给《史记》定下的时间起点。也就是说，有史以来，司马迁的家族谱系都是比较清晰的。

一方面，这与史学家比普通人更加注重家族历史的考察与记录有关；另一方面，也说明司马迁的祖先并非平民，在先秦时期也属于贵族，这才让其家族历史得以保留下来。司马迁在《史记》最后一篇《太

史公自序》中，便讲述了自己祖先的故事，但也有语焉不详之处，并没有刻意铭记什么。司马迁记录祖先事迹如此低调，这到底是为什么？在《史记》和其他古籍中，是否还有关于司马迁祖先的记录呢？

司马迁在《太史公自序》中说："昔在颛顼，命南正重以司天，北正黎以司地。唐虞之际，绍重黎之后，使复典之，至于夏商，故重黎氏世序天地。其在周，程伯休甫其后也。当周宣王时，失其守而为司马氏。司马氏世典周史。惠襄之间，司马氏去周适晋。晋中军随会奔秦，而司马氏入少梁。"司马迁的祖先，最早可以追溯到颛顼时期的重黎氏。颛顼是黄帝的孙子、昌意的儿子，这在《史记》的《五帝本纪》里写得很清楚。至于重黎氏，后世有不同的说法，按照司马迁的记录，这似乎是两个人，重掌管天文，黎掌管地理。但也有别的说法，重黎是一个人，而且就是火神祝融，是颛顼的曾孙。但此处还是应当以司马迁的记载为准，他认为祖先重黎在颛顼手下任职，并且其后代继续掌握天文地理。到了周宣王时期，有个名叫程伯休甫的继承者，被宣王赐姓司马，这就是司马氏的来源。

司马迁的这个记录来源何处？目前可考的就是《国语》在记录楚国历史时的一句话："其在周，程伯休父其后也，当宣王时，失其官守，而为司马氏。"按照《国语》和《史记》的记载，得姓司马，并非是因为战功而获得周王赏赐，反而是因为没能尽职，周宣王才让程伯休父的后人以司马为姓氏，并世代掌管周朝的历史资料。这似乎是贬职的结果，但也有说法认为，程伯休父辅佐周王有功才获姓司马。对于此处争议，我们仍应以司马迁的记载为准，他既然认同《国语》的说法，那么应当有其道理，更何况"失其官守"也不是什么光彩的事情，司马迁却把祖先的这段往事记录下来，也能见其务求真实的史学态度。

东周时期王室衰落，天下纷争不休，司马氏在周惠王、周襄王之间

的时期离开周王室，先到了晋国，后来又到了秦国，定居在一个叫少梁的地方。此地便是今天的陕西韩城，是公认的司马迁的故乡。司马迁在《史记》里还明确记载了其他族人迁徙的路线："自司马氏去周适晋，分散，或在卫，或在赵，或在秦。其在卫者，相中山。"不过，司马迁祖先这一支，就一直留在秦国，最有名的人，就是秦惠文王时期的大将司马错。

以司马错的历史功绩，完全可以专门设置列传来记载，但司马迁没这么做，只是在《太史公自序》和《张仪列传》里写了几笔。如此低调的记录，也从侧面验证了司马迁秉笔直书的精神。虽然司马迁的写作存在"夹带私货"的特点，但他笔下的"私货"是为了呈现历史的多重面向，丰富历史人物的形象，并为那些失败的英雄人物、主流话语看不见的市井人物树碑立传，而不是给自己的家族刻意"贴金"。但即便如此，我们还是能从一些史料中，看出司马错的非凡才能。

首先，还是要看《史记》里对司马错的记录。在《太史公自序》里，就有一句话："秦者名错，与张仪争论，于是惠王使错将伐蜀，遂拔，因而守之。"至于在伐蜀之前，司马错和张仪到底争论了什么，还得去《张仪列传》里寻找答案。原来，在秦惠文王时期，位于四川的营国和蜀国闹矛盾，都向秦国求援，希望能得到援兵。秦惠文王认为这是攻灭蜀国的好机会，但又担心伐蜀路途艰辛，以及韩国借机侵犯秦国，便犹豫不决。司马错坚持伐蜀，但张仪认为要先对付韩国，给出的理由，就是秦王应该把精力放在攻取中原上，最后能灭掉周王室，抢占象征天下权力的九鼎，而且川蜀地处偏远，是化外之地，何况攻打蜀国会劳民伤财，即便成功也意义不大。

从今天的视角来看，张仪在此事上确实目光有些短浅了。秦国占领川蜀地区，就有了纵深的后方，也能对南方的楚国构成威胁。司马错对此看得更清楚，他有一段很深刻的分析，《张仪列传》都有记录：

臣闻之，欲富国者务广其地，欲彊兵者务富其民，欲王者务博其德，三资者备而王随之矣。今王地小民贫，故臣原先从事于易。夫蜀，西僻之国也，而戎翟之长也，有桀纣之乱。以秦攻之，譬如使豺狼逐群羊。得其地足以广国，取其财足以富民缮兵，不伤众而彼已服焉。拔一国而天下不以为暴，利尽西海而天下不以为贪，是我一举而名实附也，而又有禁暴止乱之名。今攻韩，劫天子，恶名也，而未必利也，又有不义之名，而攻天下所不欲，危矣。臣请谒其故：周，天下之宗室也；齐，韩之与国也。周自知失九鼎，韩自知亡三川，将二国并力合谋，以因乎齐、赵而求解乎楚、魏，以鼎与楚，以地与魏，王弗能止也。此臣之所谓危也，不如伐蜀完。

简单来说，司马错的看法在于：应该伐蜀，但不能伐韩。因为蜀国弱小，且地域辽阔，如果能攻占蜀国，可以占据大片土地，进而扩充兵员，提高秦国的战力，还能增强秦王在天下的影响力。而周王室和韩国、齐国等国关系密切，如果它们联合起来对付秦国，秦国很难抵抗。如果贸然与这些国家开战，秦国就危险了，远不如伐蜀的计划完美。最终，秦惠文王采取了司马错的建议，命其率军伐蜀。关于这段历史，《华阳国志》中有比较详细的记载。此书是中国最早的地方志之一，是晋代史学家常璩在考察中国西南地区的历史风俗之后撰写的作品，其中的《蜀志》和《巴志》就记载了司马错伐蜀的历史。

司马错在攻灭蜀国后，还顺便灭了旁边的苴国与巴国，还顺着涪江向东南方向攻打，占据了楚国的小片地区。司马错战功赫赫，其一生中不止伐蜀一次，后来还有两次伐蜀平叛的行动，让蜀地彻底纳入秦国的

版图。到了后来的秦昭襄王时期，司马错又率军伐魏、伐楚，还与名将白起一同作战。但这些都因为司马错没有在《史记》中有单独的传记，而并不被后世熟知。

值得注意的是，司马迁曾经沿着祖先司马错的足迹，来到川蜀地区。司马迁在《太史公自序》里说自己曾经“奉使西征巴、蜀以南，南略邛、笮、昆明”，当时中国的西南地区还有大量被视为蛮夷的部落，但在司马迁看来，这些都是与中原不同的文明景象，蕴藏着丰富的历史文化。通过实地考察，司马迁对历史的感知更加“直观”，也搜集到了很多故事和传说，或许正是西南之行，让司马迁在青年时就对各地的风土人情产生了浓厚兴趣，这也为他创作《史记》奠定了基础。

祖先的精神感召

在司马错之后，司马氏的传承关系就更加清晰了。司马错的孙子叫司马靳，是司马迁的七世祖，他曾经是白起的副将，共同参与了对赵国的长平之战，也因此后来被秦王赐死。

《史记》对司马迁五世祖以来的历史是这样记载的：“靳孙昌，昌为

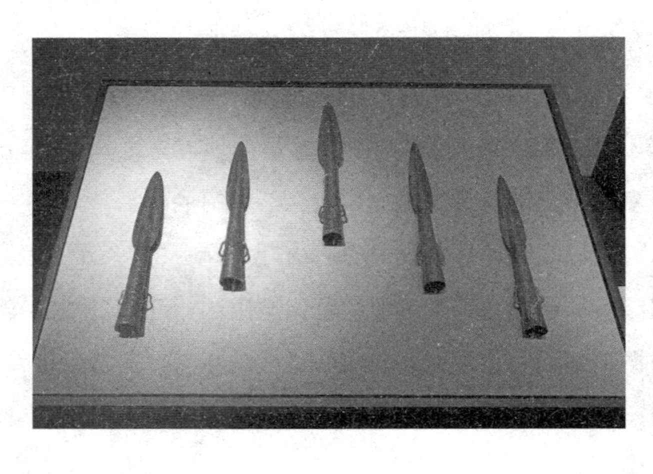

在四川出土的战国时期的牛鼠纹铜矛，收藏于四川博物院

秦主铁官，当始皇之时……昌生无泽，无泽为汉市长。无泽生喜，喜为五大夫，卒，皆葬高门。喜生谈，谈为太史公。”司马靳的孙子叫司马昌，他在秦国做官，在秦始皇时期掌管冶铁事务。司马昌的儿子叫司马无泽，担任过汉朝的市长职务。这里的市长，应该是掌管一座城中市场事务的官员，官职不算高。司马无泽的儿子叫司马喜，是司马迁的爷爷，官至五大夫。秦汉时期实行的二十等爵制度中，大夫排在第五等级，但五大夫排在第九等级，二者名称很像，后世也常混为一谈，但实际上，司马喜的职位只能算官员中的中游水平，不算太高。司马喜的儿子，就是著名的司马谈了，他是司马迁的父亲，后来司马迁继承了司马谈的遗志，用毕生精力完成了《史记》。

从某种意义上讲，司马谈是《史记》的最初作者，没有司马谈的前期准备工作，就不会有《史记》的诞生。司马谈官至太史令，算是汉朝的史官，他不仅研读历史文献，还精通天文历法。据司马迁记录，司马谈曾经跟其他学者学过天文、易学和道家思想，可谓博采众长，还写了一篇《论六家要旨》，对阴阳家、儒家、墨家、名家、法家、道家进行点评。对于诸子百家思想优缺点的分析，是这篇文章的特色。比如，司马谈认为法家主张严刑峻法，对管理国家有帮助，却刻薄寡恩；墨家主张节俭是对的，但过度节俭到了吝啬的地步，其实是不现实的。尤其值得注意的是司马谈对于儒家思想的看法：“儒者博而寡要，劳而少功，是以其事难尽从。然其序君臣父子之礼，列夫妇长幼之别，不可易也。”这的确戳中了儒家思想的命门：学说宏大而复杂，却缺少治理国家的简单纲要，费了很大的力气研究里面的各种学问却容易更糊涂，投入很大的精力去钻研却很少有实际的“产出”。不过，司马谈特别强调儒家提倡的秩序感以及父子之礼、长幼有别的思想，对其影响很大。这也在很大程度上影响了司马迁——即便他受到了汉武帝的严重迫害，但他并

未产生离经叛道的思想，而是把一腔愤懑投入历史写作中，在与古人的“对话”中获得精神的慰藉与升华。

总而言之，司马迁从一开始就思路很明确，他将黄帝到汉武帝之间的历史纳入同一个叙事体系，没有断裂与分离，而且“总体性”是越来越强。司马迁对自己祖先历史的记录也是如此，只要能追溯的祖先，他都会尽量列出，这是一种完整的、可持续的历史思维。但是，他又不愿意把祖先的光辉事迹刻意摆出，大书特书，这也说明司马迁并非在记录“家史”，而是将“家史”融入整个天下的历史——对司马迁当时的思想来说，还不能引入现代的民族国家观念，但华夷之辨的思想已经产生，通过书写一个庞大的历史体系，来构建一个主流的历史叙述脉络，这正是司马迁的史学精神，他对祖先历史的记录，只是其中的一个侧面。

司马孚的复杂人格:《晋书》与时局变幻下的纠结

谈起魏晋之际的历史，我们绕不开司马家族，尤其是司马懿、司马师、司马昭、司马炎在时局变换中扮演的复杂角色。相比路人皆知的“司马昭之心”，同为司马家族的司马孚就显得更加忠贞，自称“魏贞士”“魏之纯臣”，似乎并不愿意随家族里的其他人一起享受改朝换代的“荣耀”，以至于让后世不少人认为，司马孚是司马家族里罕见的仁孝忠义之人，甚至连言语向来犀利的明代思想家李贽都说他“松柏也，可敬，可敬”。

但是，通过仔细阅读分析史书上的蛛丝马迹，却会发现，司马孚的形象绝非表面上那么简单。虽然他自称曹魏忠臣，却在司马家族谋权篡位的时候，什么也没做，之后跟着家族的成功一起享福。司马孚到底是个真正的君子，还是个表演能力极强的小人呢？

司马孚的复杂人生

《晋书》对司马孚的人生经历，有比较详细的记载。《晋书·安平献王孚》开篇就说：

安平献王孚，字叔达，宣帝次弟也。初，孚长兄朗字伯达，宣帝字仲达，孚弟馗字季达，恂字显达，进字惠达，通字雅达，敏字幼达，俱知名，故时号为八达焉。孚温厚廉让，博涉经史。汉末丧乱，与兄弟处危亡之中，箪食瓢饮，而披阅不倦。性通恕，以贞白自立，未尝有怨于人。陈留殷武有名于海内，尝罹罪谴，孚往省之，遂与同处分食，谈者称焉。

司马孚天资聪慧，擅长文学，知名度不亚于大哥司马朗、二哥司马懿。当时，司马家族的八个兄弟，因为他们的字里都有一个"达"字，人称"司马八达"，都是一时英杰。司马孚从政之初，曾经是曹植的下属，但因为曹植恃才傲物，司马孚感觉他难当大任，便离开曹植，投到曹丕门下。这个选择让司马孚在第一次政治变局中幸运地"站队"成功，曹魏代汉后，随着曹丕称帝，司马孚的官职也不断晋升，直到被封为关内侯，也被时人普遍视为曹魏忠臣。

从史书记载来看，司马孚在历史的关键时刻，有超越常人的冷静和睿智。《晋书》上说："魏武帝崩，太子号哭过甚，孚谏曰：'大行晏驾，天下恃殿下为命。当上为宗庙，下为万国，奈何效匹夫之孝乎！'太子良久乃止，曰：'卿言是也。'时群臣初闻帝崩，相聚号哭，无复行列。孚厉声于朝曰：'今大行晏驾，天下震动，当早拜嗣君，以镇海内，而但哭邪！'孚与尚书和洽罢群臣，备禁卫，具丧事，奉太子以即位，是为文帝。"曹操去世的时候，曹丕痛哭不止，但此时还不是沉浸于悲伤的时候，整个曹魏集团的命运，都系于曹丕一人之身。司马孚见状，便立刻劝谏曹丕，应当尽快即位称帝，不要再被一时的情绪影响。相比那些冷血的统治者，曹丕身上还有点性情中人的气质，有这样自然的情感

流露，实属正常。但政治是无情的，司马孚在年轻时就确知这一点，便在关键时刻辅助曹丕登上大位，张罗相关事务，在井井有条的安排中，可见司马孚心思之缜密。

曹魏的皇帝普遍短命，司马孚经历了整个曹魏的历史，他的官职虽在有条不紊地晋升，但并不算高调。随着兄长司马懿的势力越来越大，司马孚行事更加谨慎低调，虽然史书上没说他跟司马懿之间是否达成了某种明确的共识，但他一直默默支持着兄长的军事和政治行动，却也始终不肯做出头的人，更像是历史的背景板，为司马懿的精彩人生发挥着衬托作用。

在著名的高平陵之变中，司马孚也扮演了重要角色。当时，司马懿带兵出城，司马孚与司马懿之子司马师，一同看守宫门，稳住大后方，让司马懿可以在城外对付小皇帝曹芳和大将军曹爽，最终司马懿政变成功，司马孚后被加封为长社县侯，在朝中地位越来越高。从那一刻开始，司马孚和其他司马家族的人，已经不可能再是曹魏忠臣了，而是赤裸裸的叛臣，无论他自己如何解释，都无法洗脱他在夺取曹魏宗亲权力事变中的罪责。

司马懿在高平陵之变中能成功的重要因素，与他之前长年的忠厚形象造成的蒙蔽效果有关，司马懿几乎是赌上了一辈子的声誉，在即将走到人生终点之时，搞了个惊天大动作。与后来的“司马昭之心，路人皆知”不同，司马懿长期隐忍，而不是过早地展现野心，否则也不可能在曹魏宗亲眼皮下安然活着。而司马孚更加低调，没有让外界看到丝毫异样之处，不论是擅长伪装，还是真的没有野心，从结果上看，他们的篡权之路，都没让敌人找到破绽，可谓政治上的高手。

相比他们的政治能力，司马懿和司马孚更超凡之处，在于他们的寿命。司马懿凭借长寿耗死了诸葛亮，也耗死了多个曹魏皇帝和宗亲，而

司马孚更是“超长待机”，在三国乱世竟然活到了九十三岁。在司马懿死后，司马孚就成了司马家族资历最老的长辈，即便他再低调，他的任何言行举止也都被外人看在眼里，这也是司马孚晚年人格矛盾得到充分体现的原因。

司马氏夺权的第二个关键事件，是司马昭杀害曹髦。虽然表面上看，是司马昭的亲信贾充指使成济做的，但所有人都知道，这就是司马昭的意思，成济不过是那个出手干脏活的人，而成济则成了可悲的背锅者，最终的受益者还是司马家族。不过，司马昭还是假惺惺地表演了一下，但假装的不知情和很悲伤的状态，并不能蒙骗别人。相比之下，司马孚的表现却显得很“真实”，甚至有不少人认为司马孚是真的忠诚于曹魏，并不是假惺惺的表演。《晋书》对这段历史的记载十分详细：“及高贵乡公遭害，百官莫敢奔赴，孚枕尸于股，哭之恸，曰：‘杀陛下者臣之罪。’奏推主者。会太后令以庶人礼葬，孚与群公上表，乞以王礼葬，从之。”看到遇害的曹髦，司马孚不仅痛哭，还把曹髦的尸体放在大腿上，哭着说“杀害陛下，是我的罪过”。如果说，司马孚真的想表演，完全可以不这么说，因为这样说无异于将曹髦之死与司马家族绑定在一起，即便再愚笨的人，也会明白是怎么回事了。因此，司马孚可能不是表演，而是真情流露，是真的因为皇帝被杀而痛苦，却没有在刺杀行动中有任何阻拦动作，也没真的大义灭亲。

在司马昭死后，司马孚依然健在，并见证了司马炎代魏称帝的全过程。当时，司马孚表现出对曹魏的极大留恋，表面上看起来情感十分真挚。《晋书》上说：“及武帝受禅，陈留王就金墉城，孚拜辞，执王手，流涕歔欷，不能自胜。曰：‘臣死之日，固大魏之纯臣也。’”但是，执手泣别前朝帝王的司马孚，却又坦然接受了晋朝的封赏：“其封为安平王，邑四万户。进拜太宰、持节、都督中外诸军事。”可以说，司马孚

把名声赚足了，现实利益也都享受到了，简直就是“戏精”。

事实上，这就是典型的家国利益冲突，如果司马孚忠于司马家族，他就没法反对司马昭、司马炎的做法，如果他忠于曹魏王朝，就应当谴责自己的这些晚辈。然而，司马孚更像是在与司马昭、司马炎很“默契”地表演，一个唱红脸，另一个唱白脸，当天下人声讨司马昭弑君、司马炎代魏称帝之时，司马孚的表演，就可以起到安抚旧臣、怀柔敌手的作用。正如历史学者仇鹿鸣在《半透明的镜子——司马孚在魏晋政治中的形象与地位》一文中认为：“‘家’与‘国’之间的纠结，‘公’与‘私’之间的颉颃，都在从魏臣到晋臣这一复杂转换的历史图景中得到了充分的展现。”在时局变幻之时，司马孚这类人并不在少数，他们身上有过挣扎、有过犹豫，但最终还是没有成为力挽狂澜的英雄人物，他们终究不是可以超越自身阶层和家族利益的超凡角色。

南宋理学家陈普在咏史诗中说司马孚“鱼熊兼得古今难”，这也确实戳中了司马孚的纠结之处。家族做了谋权篡位的事，司马孚作为家族里很有话语权的大家长，岂能摆脱干系？自己既想名留青史，又不想放弃荣华富贵，天下岂能有这样的好事？

变局中的墙头草

司马孚在九十三岁高龄去世之时，是西晋泰始八年，司马炎的权力已经得到巩固。《晋书》上有记载，司马孚留有遗言，对自己以曹魏忠臣的形象盖棺论定：“有魏贞士河内温县司马孚，字叔达，不伊不周，不夷不惠，立身行道，终始若一，当以素棺单椁，敛以时服。”

平心而论，“魏贞士”这个称号，对司马孚来说有点尴尬。从始至终的忠臣无二，才能算“贞士”和“纯臣”。但从司马孚的行为而非言语上看，他积极参与了高平陵之变，为司马家族篡权立下了汗马功劳。

他在司马昭弑君和司马炎代魏称帝时的高调表演，也丝毫没影响他加官晋爵，安享荣华。如果他真的做过大义灭亲的事，哪怕是在临终时捍卫了自己所谓的忠于曹魏的形象，都能勉强自称“忠臣”。司马孚多数时候看似是纠结和矛盾的，但细细考察，则显得十分虚伪，与其说是自我矛盾的呈现，不如说是精心谋划的结果。

相比之下，司马家族中另一个知名度不高的人物司马顺，更有资格自称曹魏忠臣。《晋书》有关司马顺的记载不多，但这一细节令人感触：“及武帝受禅，顺叹曰：‘事乖唐虞，而假为禅名！’遂悲泣。由是废黜，徙武威姑臧县。虽受罪流放，守意不移而卒。”

司马顺是司马孚的七弟司马通的次子，在司马炎代魏称帝时，他大哭道：“这不是唐尧、虞舜的做派，却假借禅让的名义！”如此慨叹，直接戳穿了司马炎篡权夺位的行为本质。司马顺的做法，果然为自己招来祸患，他被贬黜到武威姑臧县。但是，即便被流放，司马顺还是没改变自己忠于曹魏、反对篡位的意志。

要看一个人的精神本色如何，不能只看他说了什么，还要看他做了什么，以及其行为引起了何种结果。司马孚说了很多令人感动的话，也骗过了不少单纯的读书人，但其实司马孚的做法是很克制的，是很有边界感的。司马孚从来不会直接谴责司马家族的做法，最多只会批评自己，或者为曹魏皇帝的遭遇而慨叹，而且他也从来没有拒绝过司马家族的封赏。这说明在司马昭、司马炎等统治者眼中，司马孚心里是“有数”的，也不担心他会做出什么极端的事，还能给司马氏带来一些不错的声誉。对于这样的大家长，司马家族的晚辈们怎会排挤和伤害呢？

在后来漫长的历史长河中，类似司马孚这样的人物比比皆是，但在政治忠贞观念很重的汉朝，司马家族篡权夺位的做法，的确令当时的读书人难以接受。从政治上看，司马孚和其他司马家族的人，都是被时代洪流裹挟的人，当他们在自觉或被迫地走上历史舞台中心的时候，就很难改变这个大势了。或许司马孚在年轻时代也有着做“大汉忠臣”或“曹魏贞士”的想法，但随着时局的动荡和混乱，秩序不断瓦解，执念逐步破碎，其心态和思想也在不断变化。而且，即便是政局变动中的当事人，在结果明晰之前，他们也很难判定谁赢谁输。与司马懿、司马师、司马昭、司马炎等人不同，司马孚并非司马代魏中的“第一参与人”，更多时候还是跟着形势一起走的同族人而已，因此，他既不是政变成功后享受丰厚回报的“第一受益人”，也不是政变一旦失败时的“最高风险者”。司马孚看似矛盾和纠结的做法，可能也是在乱世中自保的做法：即便政变失败，由于自己之前有过一些忠于曹魏的言行，或许还能免受牵连。但是，一旦政变成功，自己也能跟着封官晋爵，子孙后代也能得以保全。

古人都很看重自己死后的名声，司马孚也不例外，在此事上，司马孚也存在一定的墙头草心态：若能改朝换代更好，但以大魏忠臣为结局也不错。若成功代魏，自己只需表示对曹魏的忠贞，并不做任何反对司马炎的举动，也能平安终老，对自己的历史声誉也不会有太大影响。事实上，司马孚也是这样做的，然而，当后世通过史书的蛛丝马迹来复盘历史现场时，就会发现看似复杂的人格背后的隐秘之处。

虚构的英雄故事：从《隋唐演义》到《说唐》

国人熟悉的秦琼、尉迟恭等人物，有其历史原型，在作家想象力和小说传播力的作用下，名气越来越大。《隋唐演义》《说唐》等小说中的隋唐时期的英雄好汉的故事，在代代相传中得到了充分演绎，还出现了所谓“隋唐十八好汉”的说法，但其中哪些是真实历史，哪些是文学虚构，却并不被世人清晰知晓。

超强战力的典型：李元霸与宇文成都

中国古代历史演义小说中，大多会设置一到两个战力“天花板级别”的武将，如《三国演义》中的吕布，而在《说唐》里，堪称天下无敌的好汉，当属李元霸与宇文成都，而前者的战力又明显更高一筹。

李元霸在小说里是唐高祖李渊之子，其原型是《新唐书》里记载的李玄霸，史书上关于其生平记载不多：“卫怀王玄霸字大德。幼辩惠。隋大业十年薨，年十六，无子。武德元年，追王及谥，又赠秦州总管、司空。”至于什么天生神力、力能扛鼎，纯属文学虚构。但从创作角度分析，李元霸的形象应该很有趣，十分耐人寻味。

绵阳博物馆展示的《新唐书》

李建成、李世民、李元吉等人的历史形象已经定格，小说作者想在他们身上“做文章”不太现实，而史书上语焉不详、只活了16岁的李玄霸，则存在较大的“挖掘”空间，可以随意塑造其形象，只要不破坏历史的主线条就行。而之所以让李元霸成为战力最强者，大概也跟最终李家夺取天下的历史事实有关。正如古人所说的“天命在身”，李渊是被历史选中的人，而他的儿子自然也可以在文学虚构中获得超凡的力量。

为了保证角色力量的平衡，隋唐好汉中排名第二的宇文成都，便也被虚构出来了。李元霸代表的是未来的胜利者李家，是反抗者，而宇文成都则代表着隋朝官方的形象，是被反抗者。在小说中，宇文成都是隋朝权臣宇文化及之子。宇文化及在历史上也算一代枭雄，他出身于官宦世家，父亲宇文述在北周和隋朝都做过官，人脉众多，宇文家族渐渐成为一股政治力量。隋炀帝虽然一度重用宇文化及，但后来民变四起，隋炀帝的统治岌岌可危，宇文化及便发动政变，弑杀隋炀帝，自立为帝，但他建立的许国很快就覆亡了。而小说中宇文成都也被卷入了政治的纷

争中，虽有天生神力，却无法改变政治的走向。

宇文成都的武器是凤翅镏金镋，重量稍次于李元霸的八百斤双锤，但也有极强的杀伤力。除了李元霸，没有人可以击败宇文成都。而宇文成都最终也死于李元霸之手，两人相生相克，一旦一方战死，另一人也无法存活。李元霸在战胜宇文成都后，头顶电闪雷鸣，他将重锤扔向天空，要跟天神比试一番。这显然是失去理智之后的疯癫行为，重锤从天而降，将他砸死。

《说唐》第四十一回《甘泉关众王聚会　李元霸王玺独收》和第四十二回《遭雷击元霸归天　因射鹿秦王落难》对李元霸和宇文成都的战斗有非常精彩的描写："且说宇文成都领兵十万，在潼关紫金山下。不料唐兵杀到，为首的大将就是李元霸，成都看见，吓得魂消魄丧，欲待退走，无奈人已照面了，只得叹口气道：'罢，小畜生，今日与你拼命也！'硬着头皮，举流金镋打来。那元霸的师父紫阳真人叮嘱他，若日见使流金镋的，不可伤他性命。所以向年比武，就不伤害，今日见他有相害之意，竟忘记了师父之言。就把锤将成都的镋打在半边，扑身上前，一把抓住成都的勒甲绦，提过马来，望空一抛，跌了下来。元霸赶上接住，将他两脚一撕，分为两片。兵士见主将死去，走个干干净净。"接下来是李元霸之死："只见风云四起，细雨霏霏，少顷雷光闪烁，霹雳交加，大雨倾盆而降。那雷声只在元霸头上响，如打下来的光景。元霸大怒，把锤指天大叫道：'天，你为何这般可恶，照我的头上啊？'就把锤往空中一撩，抬头一看，那四百斤重的锤坠落下来，扑的一声，正中在元霸脸上，翻身跌下马来。"

李元霸和宇文成都之后，便是战力排名第三的好汉裴元庆，这也是个使锤的高手。裴元庆少年英雄，在小说中的年龄只有十几岁，但其在状态好的时候，战力堪比宇文成都，而且能扛住李元霸重锤的三次攻

击，功夫十分了得。裴元庆在历史上的原型是隋末战将裴行俨，最终被王世充所杀，在历史上留下的信息很少。但在小说中，裴元庆的形象就丰富多了，《说唐》让他在攻打瓦岗寨时，展现了超凡的战力，虽然最后被秦琼用计降服，但也不失其勇猛善战的光环。但与其他战力强悍的角色一样，裴元庆也未能善终，在与隋朝大将新文礼作战时，中了火攻之计，在庆坠山中被烧死。

以上三人，李元霸和宇文成都是超强战力的典型，小说作者对他们的形象进行了详细描述，增加了故事的看点，尤其是李元霸，堪称故事的爆点——只要他出场，不论多么强悍的对手，不论有多少敌军，都能像砍瓜切菜一样轻松解决。李元霸身形瘦弱，年龄很小，在现实中，这种武将是不太可能具备极高战力的。因此，以李元霸为代表的这些动辄使用几百斤武器的高手，就是人们对超凡人物的想象和情感寄托。越是现实中不存在的人物和无法实现的事情，越希望通过虚构的故事来构建它们。这也让《隋唐演义》《说唐》里好汉的故事成了满足古人精神趣味的“爽文”，却也因失去了现实感而无法比肩《水浒传》《红楼梦》等经典名著。

适度虚构不破坏历史主线真实：从雄阔海到单雄信

在战力强悍的武将中，有的是靠技巧取胜的好汉，如罗成、秦琼，还有的就是力量大，不仅身材健硕，使用的兵器重量也很沉，加上一定的战斗技巧，在战场上就会有万夫不当之勇。雄阔海是典型的力量型武将，《说唐》有言：“身长一丈，腰大数围，铁面胡须，虎头环眼，声如巨雷，雄阔海使两柄板斧，重一百六十斤，一条熟铜棍，使得神出鬼没，两臂有万斤气力。”后来，为了解救其他好汉，雄阔海托起城墙的闸门，直到生命的最后一刻。雄阔海以这样的方式谢幕，也为其英雄形

象增添了浓墨重彩的一笔。

雄阔海号称“紫面天王”，在隋唐好汉里排名第四，在历史上没有对应原型，研究界一般认为他是纯虚构的人物。但从创作者的角度来说，雄阔海之雄姓属于稀有姓氏，在隋唐好汉中再无这类情况，而“雄”字又容易让人联想到英雄好汉，“阔海”也是个颇有豪情的名字。因此，放弃使用常见的同音姓“熊”而使用“雄”，大概是从英雄人物形象构建的角度来创作的。正所谓“人如其名”，小说作者在虚构人物中寄托自己的情怀，也实属正常。雄阔海与其他好汉相比，更加光明磊落，最后也是以牺牲自我来成就其英雄形象，更显作者的良苦用心。

隋唐好汉排名第五、第六者是伍云召和伍天锡，这对兄弟也是小说虚构人物。他们有着极高的战斗力，但最终都在沙场惨死，伍云召被高立国大将左雄的坐骑“没尾驹”突然生出的尾巴扫中头部，当场被打得粉碎，而伍天锡则被李元霸打死。

排名第七的隋唐好汉是人们熟悉的罗成。他长期以来都被读者赋予“儒将”和“少年英雄”的色彩，在书中的形象定位有点类似《三国演义》中的赵云。罗成的形象构成比较复杂，《说唐》里只有罗成，而《隋唐演义》里的罗士信，往往被人们与罗成混为一谈。《旧唐书》和《新唐书》中记载的罗士信，在征战中死于刘黑闼之手，与《说唐》中罗成的结局一样。成书最早的《大唐秦王词话》里，就有“罗成，字士信”的说法，到了《隋唐演义》里，罗成和罗士信成了两个人，而故事流传更多的《说唐》，明确了罗成“冷面寒枪”的英雄形象。

随着大量武力排名前列的好汉退场，罗成在《说唐》中后期的战力更加突出。《说唐》第四十回《罗成力抢状元魁 阔海压死千金闸》就有这样的文字，直接把罗成提到了几乎天下无敌的地位：“那罗成算是第七条好汉。第一条好汉李元霸，第二条好汉宇文成都，皆不在此。第三

条好汉裴元庆已死了，第四条好汉雄阔海还未到。第五条好汉伍云召，第六条好汉伍天锡，亦皆死了。除了这六人，那个是罗成的对手？纵有众王将官来夺，被他把枪连挑四十二将下马，其余一个也不敢来，竟取了状元盔甲袍带。”

排名第八的好汉是靠山王杨林，这也是个虚构人物，书中将其设定为隋文帝的叔父，是老一辈的隋朝官军里的好汉。他在小说前期存在感很高，是推动情节、串联人物的关键角色，后来被罗成杀死。杨林之死，也意味着隋朝最忠诚、战斗力最强的武将的退场，由此开启了隋末乱世。

排名第九的好汉魏文通，对应的历史人物是尉文通，此人也是隋末起义军领袖之一。但在小说《说唐》里，魏文通成了杨林手下的悍将，战力也算强悍，在攻打瓦岗寨时被王伯当射杀。

排名第十和第十一位的好汉尚师徒、新文礼，也都是小说虚构人物。《说唐》虽然给出了“隋唐十八好汉”的说法，但书中只明确点出了“第一李元霸，第二宇文成都，第三裴元庆，第四雄阔海，第五伍云召，第六伍天锡，第七罗成，第八杨林，第九魏文通，第十尚师徒，第十一新文礼，第十六秦叔宝，第十八单雄信”，其他五人不知是谁，如今坊间流传的一些名字，也多为后世读者与二次创作者的添加与附会。

知名度最高的好汉秦琼，还有义薄云天的好汉单雄信，战力排名并不高，分别位列第十六和第十八名。他们在历史上都有人物原型，在小说成书之前，他们的故事就已经在民间流传。

历史上的秦琼地位很高，是李世民的从龙功臣，是凌烟阁二十四功臣之一。而民间故事里的秦琼以忠义著称，还自创了绝招“撒手锏”，后来成为小说里为数不多有独门绝招名字的人物之一。后世往往将秦琼与罗成放在一起来讲故事，不仅因为他们在小说里有着千丝万缕的联

系，还因为罗成同样是有历史原型却在文学世界里形象更饱满、故事更动人的人物。罗成的“回马枪”是罗家枪法中最绝妙的招数之一，如此设置，可见小说作者对其格外喜欢。

单雄信同样以义气著称，在小说中是绿林盟主。历史上真实的单雄信早年投奔瓦岗寨，参加反隋斗争，但李密接手瓦岗寨后，瓦岗寨江河日下，后来败于王世充之手，单雄信也只能投降王世充，跟着他一起打天下。在与唐军交战时，单雄信十分勇猛，甚至差点伤及李世民。《旧唐书·李密传》有记载：“太宗围逼东都，雄信出军拒战，援枪而至，几及太宗，徐世勣呵止之，曰：‘此秦王也。’雄信惶惧，遂退，太宗由是获免。”命运的天平终究没有倒向单雄信，后来王世充败于李世民之手，单雄信也被俘，虽然有人为他求情，但李世民还是将他杀了。单雄信在历史和文学中的形象与命运大体一致，是命途多舛的悲剧英雄。

与《三国演义》《水浒传》等书中战斗力强的英雄好汉大多善终不同，《隋唐演义》《说唐》里的隋唐好汉大多殒命沙场，反而是战力不算特别突出的秦琼、尉迟恭、程咬金等人却活了下来，跟这些人物在历史上就是“福将”有关，他们历经隋末乱世，在战场上拼杀，却幸运地活到了唐朝。毕竟，小说作者的“脑洞”再大，一般也不会明显违背历史事实来编造故事。

从中国古代小说史上看，这是一种比较常见的创作思维。比如，在《水浒传》中，梁山必须在征方腊之战中损兵折将，很多好汉被迫在书中“下线”。这是因为小说故事对应的历史事件线上，马上就要靖康之变了，以书中梁山的战力，足以抵御金兵南下，但若这样写，又与历史真实相悖。因此，只能忍痛割爱，让梁山大量好汉在征方腊时战死。

文学虚构当然可以与历史真实不同，但不能破坏历史的主线条，这是古代多数话本小说和历史演义作者心照不宣的事情。《说唐》的故事起于隋灭陈之战，终于玄武门之变，虽然配合民间故事，虚构了不少好汉形象，但大的历史背景是相当明确的，历史的线条也是清晰的。到了《说唐》故事的后期，英雄好汉们只能加入唐王李世民的队伍，否则必然成为历史主流叙事之外的“牺牲品”，即便是很多人喜欢的王伯当、单雄信，但因为跟随了李密、王世充，也最终兵败身死。这也是隋唐好汉故事与同类作品的不同之处：即便英雄好汉的个人能力再强，也无法抵挡历史的大势，与其努力在战场上拼杀，不如选择一个好的主公。而质量不高的作品，往往会过度夸大英雄好汉的战力，甚至赋予其神魔色彩，仿佛仅仅是开“脑洞”就能改写历史。正因为隋唐好汉身上的现实感和悲剧性，这些人物和故事才得以不朽，经过数百年的时光淘洗，最终保留下来，成为国人津津乐道的话题。

史料之上：从《大唐西域记》里的丝绸之路说起

古代中国与亚洲各国的友好交往历史源远流长，在多个历史阶段都有着强烈的和平交往与友好往来的传统。古人并没有今天的民族国家观念，但中国传统所维护的“天下秩序”则让位居中原的帝国有着更广阔的世界视野。不论是记录玄奘取经之路的《大唐西域记》，还是记录西域历史的《汉书》《后汉书》《隋书》等史籍，都有不少关于古代中外交往的历史记载。到了《明史》，郑和下西洋与海上丝绸之路的故事也得以记录和传扬。

汉武帝后，陆上丝绸之路的开启，让汉朝与西域和中亚地区有了直接的联系。张骞之行不仅涉足了大量西域国家，还初步了解了西亚乃至南亚的国家情况，比如位于今天伊朗的安息、位于今天伊拉克的条支、位于今天印度的身毒，这些地区的名字都被写入了史书，成为古代中国人初步了解国外情况的重要资料来源。

张骞通西域的开辟之功虽大，却因当时生产力和交通条件有限，维持长久而稳定的对外交往存在一定困难，再加上中原帝国政局的不断变化，一些官方的和平交往难免出现中断。但经过两汉之际的变乱与东汉

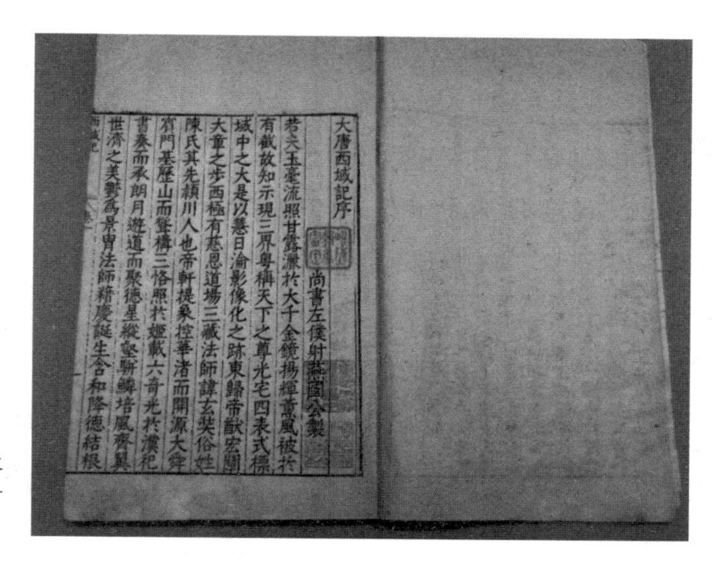
大唐西域記序
尚書左僕射燕國公製
若夫玉毫流照甘露灑於大千金鏡揚輝薰風被於
有截故知示現三界粵稱天下之尊光宅四表式標
域中之大是以慧日淪影像化之跡東歸帝猷宏闡
大章之步西極有慈恩道場三藏法師諱玄奘俗姓
陳氏其先穎川人也帝軒提象控華渚而開源大舜
賓門基歷山而聳構三恪照於姬載六奇光於漢祀
書奏而承朗月遊道而聚德星縱壑駢鱗培風齊翼
世濟之美鬱爲景冑法師籍慶誕生含和降德結根

中国国家版本馆收藏的明刻本《大唐西域记》

初年的经济恢复，使古代中国恢复了强大的国力，并以更加开放的胸怀来拥抱整个天下。东汉时期的班超再通西域，让中国与各国的联系再次打通。值得一提的是，班超的部下甘罗，曾奉命出使大秦（也就是罗马帝国）。《后汉书》记载："其王常欲通使于汉，而安息欲以汉缯彩与之交市，故遮阂不得自达。"但由于种种原因，甘罗最后只到了波斯湾一带。尽管如此，这也是有记载的古代中国人尝试前往欧洲的首次记录，而且行程覆盖整个中亚和西亚，对传播中原帝国的声望起到了巨大作用。

经过魏晋南北朝的乱世，隋朝之后的中国迎来了一个更加漫长的中央帝国时期。日本在隋唐时期十分迷恋中国文化与政治制度，并多次派遣特使前来中国学习，这直接推动了日本的大化改新，使日本成为儒家文化圈中的重要组成部分。

唐朝贞观年间，玄奘法师开始了艰难而孤独的西行之路，但在当时的唐朝西部，政治局势并不稳定。玄奘法师无法直接穿越吐蕃和青藏高

原一带，只好选择了一条更远的路，经过西域和西突厥控制的区域，从西面绕过高原地带进入印度。公元637年，玄奘法师在印度一带周游列国。在此时，古老的中国终于与印度建立了友好关系，并对位于恒河流域的戒日王朝、位于印度中部的遮娄其王朝有了大致了解。从史书上的记载看，此时的中国已经知道了位于南亚南部的斯里兰卡，那时它的名字叫狮子国。

虽然玄奘的西行之路是为了学习佛法，但实际上是传播了唐朝兼容并包与自信开放的精神，尤其经过丝绸之路后，华夏的盛名得以传播到异域。正如玄奘在《大唐西域记》的序言中所讲："亲践者一百一十国，传闻者二十八国，或事见于前典，或名始于今代。莫不餐和饮泽，顿颡而知归；请吏革音，梯山而奉贶。欢阙庭而相抃，袭冠带而成群。尔其物产风土之差，习俗山川之异，远则稽之于国典，近则详之于故老。"中国了解国外山川风貌与风土人情的同时，也让异国了解了我们的文明，在相互交流中增进认识，这是真正的文明之旅。

真实的唐玄奘西行，虽没有《西游记》里的妖魔鬼怪，但也经历了

贵州省博物馆收藏的东汉铜车马

“九九八十一难”，自然天险和奇异的异国风俗，给玄奘制造诸多困难的同时，也让他开阔了眼界，并留下了极其珍贵的《大唐西域记》。这部书共十二卷，由玄奘口述，其门人辩机执笔，记录了从唐朝时期的中国到印度沿途一百多个国家的信息，既有地理概况也有人文风情。由于书中的国名和地名，多为当时汉语对外语的音译，因此其名字读起来佶屈聱牙、晦涩难懂。

《大唐西域记》大多记录的还是古印度的历史和地理，这在很大程度上弥补了印度古代史料的匮乏。换言之，古印度缺乏记录历史的传统，以至于今人要从中国的古籍里寻找印度的历史。在古印度历史和地理的内容之外，记录新疆与中亚古国风貌的内容也不少，并集中在第一卷和最后一卷里。

阿耆尼国是《大唐西域记》开篇记录的首个西域国家：

阿耆尼国东西六百余里，南北四百余里。国大都城周六七里，四面据山，道险易守。泉流交带，引水为田。土宜糜、黍、宿麦、香枣、蒲萄、梨、柰诸果。气序和畅，风俗质直。文字取则印度，微有增损。服饰毡褐，断发无巾。货用金钱、银钱、小铜钱。王，其国人也，勇而寡略，好自称伐。国无纲纪，法不整肃。伽蓝十余所，僧徒二千余人，习学小乘教说一切有部。经教律仪，既遵印度，诸习学者，即其文而玩之。戒行律仪，洁清勤励，然食杂三净，滞于渐教矣。

阿耆尼国其实就是古西域的焉耆，大概位于今天新疆巴音郭楞蒙古自治州的焉耆县。焉耆早在《汉书·西域传》中就有记载，是个讲吐火罗语的小国，特产有梨、葡萄（古代音译为蒲萄），还有今人不熟悉的糜（谷子的一种）和柰（苹果的一种）。离它不远的是屈支国，也就是

来自 14 世纪日本的玄奘像（局部）

西域古国龟兹国：

东西千余里，南北六百余里，国大都城周十七八里。宜糜麦有粳稻，出蒲萄、石榴。多梨、柰、桃、杏，土产黄金、铜、铁、铅、锡，气序和风俗质，文字取则印度，粗有改变，管弦伎乐特善诸国。

龟兹历史悠久，而且时常出现在中国的古籍里，今大致位于新疆阿克苏的库车市。其特产作物与焉耆差不多，但它矿产丰富，还盛产黄金。值得一提的是，唐太宗时曾在西域设置“安西四镇”，除了上述的龟兹和焉耆，还有于阗和疏勒。

除了相对比较大的国家，一些丝绸之路上的小国，也被记录在《大唐西域记》里，比如赭时国：

周千余里，西临叶河，东西狭南北长，土宜气序同笯赤建国。城邑数十各别君长，既无总主役属突厥。

寥寥几句，就是这个赭时小国留在书中的全部面貌。赭时国这个译法比较少见，更有名的译名是石国，它的大体位置，在今天乌兹别克斯坦首都塔什干附近。石国的历史在中国其他古籍中也有一些记录，比如在《新唐书》里它就被纳入"昭武九姓"之一。

"昭武九姓"是古西域九个政权的异族统称，分别是康、史、安、曹、石、米、何、火寻和戊地九姓，据说它们的祖先是月氏人，原来居住在河西走廊上的昭武城，后来被匈奴击败后，被迫西迁，分散在西域各地，其王族都以昭武为姓。这个昭武城大致位于今天甘肃省张掖市临泽县，是古代丝绸之路上的重镇。玄奘西行时，经过的赭时国（石国），就在走向中西亚和印度的必经之路。可惜，《大唐西域记》中有关赭时国的记录不多。

按照玄奘记录的顺序，这条线上的国家还有很多，包括飒秣建国（"昭武九姓"里的康国）、弭秣贺国（"昭武九姓"里的米国）、喝捍国（"昭武九姓"里的安国），等等。

陆上丝绸之路的重要中转站是阿富汗，在此有必要讲述一下它与文明传播的历史关联。从区域位置上看，阿富汗不仅位于西亚与东亚的连接处，还在北亚与南亚的中间位置，称之为亚洲腹地也毫不过分。正因此，在古代阿富汗这块土地就属于东西方文明交融的地方，不论是政治与军事的交锋，还是商贸与文化的交流，都绕不开这片土地。再者，从地形上看，阿富汗多山，可谓山岭纵横，尤其是兴都库什山脉贯穿其

中，导致古代居民点大多分散且呈现碎片化的状态。因为没有太多开阔富饶的平原地带，古代阿富汗地区的城市分布也大多零散，在城市之外有大片的荒芜之地，还有一些缺乏组织性的小聚落。

丝绸之路在这一时期很繁荣，但后来，由于国力衰落，唐朝失去了西域，中西亚地区的混战情况也再次出现，到了12世纪，在东方的契丹政权衰落后，契丹首领耶律大石率领部众向西迁徙，在西域建立了西辽政权。西辽政权在不断扩张后，也吞并了原本属于喀喇汗国的阿富汗地区。西辽奉行较为宽松自由的宗教政策，不同族群与宗教在这里交融。

中国在唐代曾是世界上最强大和文明的国家，构建了以中原王朝为主导的天下秩序。它与后来的朝贡体系相似，但并非依靠武力霸权来维系，而是诉诸文明观念。以儒家构建的社会价值体系，在当时不仅为中国所推崇，也被周围的朝鲜、日本、越南等地所效仿。

其后的宋代不仅是儒家文明的出色继承者，还实现了通过经济贸易来维护对外关系的新思路。宋朝在版图上远不如唐朝，但内部经济稳定期很长，尤其是北宋和辽维系了长达数十年的和平关系，这让东亚的政治稳定和经济发展成为可能。法国汉学家谢和耐曾指出："直至11、12世纪以前，中国人并未显示出商业上的才干。但宋代以后，经商能力便成为中国人最卓越的品质之一。"虽然这个判断有些绝对化，但也的确看到了宋代发达的商业水平。事实上，直到北宋靖康之乱前夜，宋朝还通过经贸往来不断壮大自己的财政与社会治理能力，甚至一度夺回了祁连山南部的一大片土地，建立了陇右都护府。这个行为在某种意义上有夺回河西走廊甚至西域的象征意味，但很快被女真南下的现实冲击所中断。位居南方的南宋依然没有放弃与亚洲各国的往来，并依托强大的海上贸易，与不少国家建立了更加紧密的联系。南宋时期的泉州的繁荣，

就体现了这一点，当时泉州与海外很多国家都有联系，尤其是阿拉伯商人大量会聚在泉州。大量的商贸往来，让南宋的世界视野转向南洋，海上丝绸之路的繁荣促进了中国与南亚、西亚各国的交往。

经过蒙古南下和西征后，整个亚洲的政治局势产生了巨大变化。虽然后世对蒙元帝国的统治有不小争议，但不可否认的是，蒙元把当时星罗棋布的亚洲各地区更紧密地结合在一起，并通过商业贸易的形式，打通各个地区之间的屏障。

明朝继承了前面历朝各代的开拓精神，并以更强的进取心来维系对外交往的秩序。永乐年间的郑和下西洋，数百年后来看，依然是非常了不起的壮举，在比哥伦布航海更早的远航实践里，郑和船队纯粹是为了和平与商贸而行。在当时，一些国家担心大明船队对本国有武力威胁，但经过妥善沟通，它们最终明白了郑和一行人的来意。

《明史》记载郑和出使过很多国家："和经事三朝，先后七奉使，所历占城、爪哇、真腊、旧港、暹罗、古里、满剌加、渤泥、苏门答剌、

泉州海外交通史博物馆展示的古代帆船模型

阿鲁、柯枝、大葛兰、小葛兰、西洋琐里、琐里、加异勒、阿拨把丹、南巫里、甘把里、锡兰山、喃渤利、彭亨、急兰丹、忽鲁谟斯、比剌、溜山、孙剌、木骨都束、麻林、剌撒、祖法儿、沙里湾泥、竹步、榜葛剌、天方、黎伐、那孤儿，凡三十余国。”

郑和的远行，是对海上丝绸之路的进一步延伸，并有更明确的联络天下诸国的意识，其功勋可比肩张骞通西域。其实，当时明朝面对的外部环境并不简单，占据西域的东察合台汗国和北方的瓦剌势力，对明朝还存在一定的威胁。

郑和船队在当时远行南亚、西亚乃至非洲东海岸，存在不小的风险，而且当时的航海技术有限，多数时候只能沿着海岸线航行，这是为了及时上岸做补给。不过，这也有助于他们与岸上的国家、人民进行商

福州长乐的郑和石像

贸与文明的交流。郑和之行是古代中国最大规模的一次对外友好往来，其中的故事至今仍让人津津乐道。

纵观中国古代与亚洲各国的交往时，我们可以看到，和平交往是其中一以贯之的原则。从张骞到玄奘，再到郑和，以礼服人与和平逻辑，是他们对外交往的重要准则。即使面对冲突，“先礼后兵”“和谐共处”的理念也让很多矛盾得以化解，最终化干戈为玉帛，成就了历史上诸多佳话。

古代中国依靠天下秩序来维系文明的传播。而在整个天下秩序里，“中和”的观念是特别重要的。正如《礼记·中庸》所言：“中也者，天下之大本也；和也者，天下之达道也。致中和，天地位焉，万物育焉。”中国自古以来就将这一观念视为天地万物关系之根本，保持自身高度繁荣文明的同时，与其他国家建立和平、和睦的关系，在相互尊重与包容中寻求合作与发展。

唐末风云的侧影：《新唐书》《旧唐书》混杂的黄巢形象

相比秦末、汉末、元末、明末的农民起义，唐末的战乱纷争并未得到后世足够的重视，唐末黄巢起义里诸多隐微的细节，也因此在时光的尘埃里几乎湮没殆尽。

不同史书中的黄巢故事

后世有不少人认为黄巢心狠手辣，甚至酿成吃人的惨案，这是真的吗？是否有史料佐证？严格来说，这个传闻并不是空穴来风的。翻阅史料后，可以发现《太平御览·皇王部·卷四十一》在援引史料时特别说了一句“围陈郡三百日，关东仍岁无耕稼，人饿倚墙壁间，贼俘人而食”。这是《太平御览》关于黄巢的重要内容，书中所述援引自《旧唐书》。那么，《旧唐书》里是怎么说的呢？

打开《旧唐书》的最后一章，也就是《列传·卷一百五十》的后半部分，会看到关于黄巢事迹的完整内容。《旧唐书》里写得很清楚：“时京畿百姓皆砦于山谷，累年废耕耘，贼坐空城，赋输无入，谷食腾踊，米斗三十千。官军皆执山砦百姓，鬻于贼为食，人获数十万。”这些话

起码说明两件事情：一是黄巢起义期间民不聊生、百业凋敝，即使是掌握军事强权者也难以满足自己的欲念；二是“食人”之事确实存在，而且人命比货物还轻贱，真应了那句老话，“乱世人不如太平狗”。

那么，《新唐书》里有类似的记载吗？毕竟，这两部文本是后世解读唐代历史最重要的文献，值得比较分析。《新唐书》的最后一章也包括关于黄巢起义的历史，记叙之大致内容与《旧唐书》相差不多，但在很多细节尤其是叙述方式上有不小差异。《新唐书》里有这样的文字：“人大饥，倚死墙堑，贼俘以食，日数千人，乃办列百巨碓，糜骨皮于臼，并啖之。”从这段描述看来，“食人”的惨状比前面史料所记载的还要可怕。这固然能说明黄巢军队之凶残，但很多人忽视了唐朝官军在末世同样凶残的问题，而且，黄巢军队“食人”确实有前因后果。《新唐书》在“食人”的史料后有这样的文字：“巢遣宗权攻许州，未克。于是粮竭，木皮草根皆尽。”换言之，凶残只是表象，根本问题是解决军队的军粮问题，而之所以“食人”，是因为当时的社会经济已经崩溃，而战乱时军队屠杀平民的历史，在古代发生过许多次，包括项羽、曹操等人都有过屠城的“黑历史”，也就是说“食人”之事也不只发生在黄巢起义之时。

在过去很长的时间里，人们评价历史过度抬高了个别大人物的道德和心性的重要性。在物资和食物匮乏的唐代末世，造成浮尘腥膻并非黄巢一家的“事迹”，毕竟在混乱的局势里没有谁可以独存。而黄巢内心的想法，也只能靠后世通过不多的史料来推测。

黄巢的复杂经历

很多人都认为，一个人的早年经历对其一生的选择有决定性影响，我们对黄巢的早年经历了解不多，但他有一个身份非常关键，这使他区

别于其他起义军首领。《旧唐书》记载："(黄巢)本以贩盐为事。"《新唐书》上说得更清晰一些："(黄巢)世鬻盐，富于赀，善击剑骑射，稍通书记，辩给，喜养亡命。"如此说来，黄巢绝不是什么出身底层的亡命之徒，而算得上是出身盐商世家，家里是有一些积蓄的。

黄巢早期也算半个文人，还有一身的武功本领，若在太平年代，即使他不能建功立业，小富即安也问题不大。但是，《新唐书》告诉我们，黄巢所在的时代已然昏恶溃烂，"咸通末，仍岁饥，盗兴河南"，《旧唐书》也记载："先是，君长弟让以兄奉使见诛，率部众入嵖岈山。黄巢、黄揆昆仲八人，率盗数千依让。"而且，还有王仙芝起义连连告捷这样的大背景。黄巢的家乡和周边地区都纷纷燃起战火，起义军的势头越来越大。

我们很难搞清黄巢决定起义是主动因素更大，还是被动原因更多，但从他早年的诗文来看，他的确是个有野心的人，起码绝不甘心做任人宰割的乱世浮萍，其《不第后赋菊》有言："待到秋来九月八，我花开后百花杀。冲天香阵透长安，满城尽带黄金甲。"不过，黄巢对待起义和唐王朝的态度，应该是有一个变化过程的，并非从一开始就是一种彻底反抗的态度。

从现有史料上看，黄巢至少有过两次与唐王朝合作（或者说媾和）的态度。如果能让黄巢继续安心贩盐的话，他很可能不会走上反抗的不归路。即使已经当上了起义军首领，他也算不上彻底的反抗者，这也为他后来的败亡埋下了伏笔。

《新唐书》上有这样一段记载："贼出入蕲、黄，蕲州刺史裴渥为贼求官，约罢兵。仙芝与巢等诣渥饮。未几，诏拜仙芝左神策军押衙，遣中人慰抚。仙芝喜，巢恨赏不及己，诟曰：君降，独得官，五千众且奈何？丐我兵，无留。因击仙芝，伤首。仙芝惮众怒，即不受命，劫州

兵，渥、中人亡去。贼分其众：尚君长入陈、蔡；巢北掠齐、鲁，众万人，入郓州，杀节度使薛崇，进陷军州，遂至数万，繇颍、蔡保嵖岈山。”

这段文字非常重要，不仅讲清楚了黄巢和王仙芝分道扬镳的过程和原因，还揭示了一个关键细节。按照常理，王仙芝和黄巢是一起去接受招安的，但黄巢并没有得到什么满意的职位，倒是“仙芝喜”。《新唐书》说黄巢“恨赏不及己”，这点却被很多人忽视，黄巢后来表现出来的斗争到底的意志，到底是从始至终的念头，还是被迫无奈的选择，史料在这里给出了一个佐证。

另一件事发生在黄巢起义的中期。当时，黄巢已经成为“冲天大将军”，率部队转战南北且令唐王朝恐惧，但他也遭遇了现实的困境。《新唐书》记载：“巢兵在江西者，为镇海节度使高骈所破；寇新郑、郏、襄城、阳翟者，为崔安潜逐走；在浙西者，为节度使裴璩斩二长，死者甚众。巢大沮畏……”最后，黄巢还是考虑了招安的可能性，“乃诣天平军乞降，诏授巢右卫将军”。

不过，以黄巢的“应变”意识，只要还有一线反抗的生机，他就不会甘心受制于人。更何况，当时天下混乱，割据势力各自为战，历史学家黄仁宇在《中国大历史》里曾提到：“黄巢渡过长江四次，黄河两次，这位历史上空前绝后的流寇发现唐帝国中有无数的罅隙可供他自由来去。各处地方官员只顾本区的安全，从未构成一种有效的战略将他网罗……”事实上，混乱的时局的确给了黄巢更多的选择。

不久后，黄巢再次选择反叛，并幸运地占据了广州。虽然当时广州不如中原富庶，但毕竟远离中原，有岭南作为天然屏障，若称为割据一方的军阀，完全可以自给自足。直到此时，我们依然看不到黄巢的彻底反抗意识，他想的仍然是做“强藩镇”。在当时，黄巢产生这样的心理

并不意外，这跟他的出身阶层、早年经历有关，也跟晚唐藩镇坐大、中央朝廷权力缩小有关。

后世学者多批评黄巢起义没有建立起根据地，是流寇式作战，才最终失败。但身处历史现场，黄巢和他的部下其实没有太好的选择。没有坚定地建立根据地，进而谋取天下，除了实力不足之外，也跟黄巢所处时代割据势力遍布的现实状况有关。《旧唐书》里有明确的记载："巢以士众乌合，欲据南海之地，永为窠穴，坐邀朝命。"只是人算不如天算，"是岁自春及夏，其众大疫，死者十三四。众劝请北归，以图大利"，面对疫病和部下的劝谏，"巢不得已"，他只好选择北上中原，这才有了后来黄巢建立大齐政权的事情。

黄巢起义后面的故事被后世所熟知。黄巢当上皇帝后，也毫不客气地报复了唐王朝的勋贵权臣。《新唐书》记载："富家皆跣而驱，贼酋阅甲第以处，争取人妻女乱之，捕得官吏悉斩之，火庐舍不可赀，宗室侯王屠之无类矣。"对当时在长安的贵族来说，黄巢起义绝对算得上是灭顶之灾，这也是唐代社会阶层的一次大洗牌。

《新唐书》里有记载："巢乘黄金舆，卫者皆绣袍、华帻，其党乘铜舆以从，骑士凡数十万先后之。陷京师，入自春明门，升太极殿，宫女数千迎拜，称黄王。"对于称帝的细节，《旧唐书》记载得更清晰："国号大齐，年称金统，仍御楼宣赦，且陈符命曰：唐帝知朕起义，改元广明，以文字言之，唐已无天分矣。唐去丑口而安黄，天意令黄在唐下，乃黄家日月也。土德生金，予以金王，宜改年为金统。"

至此，黄巢达到了一生的巅峰时刻。但他对勋贵的报复性灭绝引起了唐王朝残余势力的绝地反击，黄巢本身军事势力有限，加之其他军阀也并不服气，再加上朱温降唐，黄巢很快迎来了军事上的失败。黄巢的败亡几乎是必然的：根基不牢，加上并不彻底的灭唐心态，《旧唐书》

上寥寥几笔，便交代了黄巢的结局："黄巢入泰山，徐帅时溥遣将张友与尚让之众掩捕之。至狼虎谷，巢将林言斩巢及二弟邺、揆等七人首，并妻子皆送徐州。"在泰山狼虎谷，黄巢兵败身亡（后世也有传言认为黄巢逃脱成功，隐姓埋名而苟全于乱世，但这并没有得到严谨史料的佐证），和其他造反者的结局一样，他的家人及其他亲近之人尽遭株连，黄巢的势力遭到了更残酷的清剿。

在黄巢起义被镇压后，《资治通鉴》里有一段颇有文学感的记录："秋，七月，壬午，时溥遣使献黄巢及家人首并姬妾，上御大玄楼受之。宣问姬妾：汝曹皆勋贵子女，世受国恩，何为从贼？其居首者对曰：狂贼凶逆，国家以百万之众，失守宗祧，播迁巴、蜀；今陛下以不能拒贼责一女子，置公卿将帅于何地乎！上不复问，皆戮之于市。人争与之酒，其余皆悲怖昏醉，居首者独不饮不泣，至于就刑，神色肃然。"

这些来自贵族家庭的女人，在此仍要蒙受"从贼"的羞辱，但明眼人一看便知，到了王朝即将覆灭之时，谁又能代表正义的一方呢？无非是强权之间的相互搏杀罢了。乱世中的道德标准已经混乱，人心也日益丧乱，站在统治者一方来看待黄巢这样的反叛者，难道就真的有令世人折服的道义吗？《资治通鉴》并没有对此直接下结论，却在细节叙述里暗示了历史的真相。

行文至此，再回看黄巢起义里"食人"之类的残酷现象，才会有更全面的认识。当后世用人伦道德指责黄巢军队的惨无人道时，不能不考虑当时的历史情境，在混乱无道的现实里，并不见得哪个势力的合法性是超越他者的。而当社会进入稳定期，太平年间的文人们追述暗黑时代，他们当然会站在一个道德的制高点来批评那些失败的反叛者。

从不同史料来看黄巢起义的隐微细节，起码让今天的我们多了几分对历史残酷性的理解，而在唐朝末年那些血雨腥风的岁月里，人们又怎

能轻松地坚持本心的愿望呢？即使是黄巢这样的盐商世家子弟，也不可避免地走向抗争之路，作为失败的反叛者，他们也永远无法获得书写自身合法性的机会，而这些结果并非是他们的意志可以决定的，这也是黄巢起义让后世唏嘘与慨叹的原因。

从史实到小说："制造"梁山好汉的故事

梁山一百单八将的故事，中国人可谓耳熟能详，但它最早并非源于《水浒传》，在施耐庵写小说之前，民间就已经流传有不少关于宋江起义、梁山好汉的故事。中国古代小说中有不少都属于"世代累积型"的作品，四大名著也不例外，除了《红楼梦》，其他三部小说都有创作原型和蓝本。后世普遍认为，《水浒传》的主要蓝本就是《大宋宣和遗事》，这本书有关宋江起义的内容，为施耐庵提供了创作《水浒传》的故事框架，甚至梁山好汉"三十六天罡"，基本上也是这本书确定的。但仔细查阅，会发现施耐庵对《大宋宣和遗事》的人物改造还是挺大的，有不少文学创作层面的考虑。

但不论怎么改造，施耐庵创造梁山人物时，都不可能脱离大的历史框架。比如，小说的故事背景放在北宋末年，那么就必须符合北宋衰亡、金兵南下的史实，不可能胡编"宋江夺了皇位"或者"梁山吊打金兵"之类的情节，这也是宋江南征方腊必须损兵折将、走向毁灭的原因，否则有违历史真实。与此同时，《水浒传》还是一部有很强艺术张力的虚构作品，这就难免需要施耐庵"制造"一些人物形象和情节，从而将简单的故事蓝本扩展为一部旷世巨作。

《大宋宣和遗事》与《宋江三十六赞并序》里的梁山人物

《大宋宣和遗事》主要写的是两宋之交的故事，从王安石变法到宋徽宗的昏庸，再到康王赵构南渡，宋江和梁山的故事，只是其中的一小部分。宣和是宋徽宗最后一个年号，使用了7年，随后便是最有耻辱感的年号“靖康”。《大宋宣和遗事》大致成书时间在南宋，但具体时间和作者都不可考了。在《水浒传》成书前，《大宋宣和遗事》算是对梁山故事记录最清晰的话本小说之一。

《大宋宣和遗事》的梁山故事始于杨志、李进义、林冲、王雄、花荣、张青、徐宁、李应、穆横、关胜、孙立等十二人作为结义兄弟来押运花石纲。值得注意的是，这十二个开场好汉的名字，大多在《水浒传》里也出现了，但仍有较大差异：《水浒传》中无王雄（此人可能是病关索杨雄的原型），没羽箭张清在这里成了张青，没遮拦穆弘成了穆横，另外李进义应该是卢俊义的原型。

《大宋宣和遗事》里的杨志，还是那个“倒霉蛋”：“李进义等十名，运花石已到京城，只有杨志在颍州等候孙立不来，在彼处雪阻。”其他好汉都顺利地完成了运送任务，只有杨志因为等候孙立，耽误了工期。接下来，便是著名的“杨志卖刀”的故事，只是此时的情节比较简单，那个欺辱杨志的街头泼皮并非牛二，连个名字都没留下来：

> 那杨志为等孙立不来，又值雪天，旅途贫困，缺少果足，未免将一口宝刀出市货卖。终日价无人商量。行至日晡，遇一个恶少后生要买宝刀，两个交口厮争，那后生被杨志挥刀一斫，只见颈随刀落。杨志上了枷，取了招状，送狱推勘。

杨志因“误杀”街头恶少，被判配送卫州军城。在半路上，杨志终于遇到了迟迟未见的兄弟孙立。孙立赶忙向前文提到的李进义等兄弟报告，他们便一同营救杨志，之后一同落草为寇。对此，书中如此写道：“只得星夜奔归京师，报与李进义等知道杨志犯罪因由。这李进义同孙立商议，兄弟十一人往黄河岸上，等待杨志过来，将防送军人杀了，同往太行山落草为寇去也。”

以上就是《大宋宣和遗事》梁山好汉故事的第一部分，堪称“杨志篇”。接下来，便是“智取生辰纲”的故事原型：

是年，正是宣和二年五月，有北京留守梁师宝将十万贯金珠、珍宝、奇巧缎物，差县尉马安国一行人，担奔至京师，赶六月初一日为蔡太师上寿。其马县尉一行人，行到五花营堤上田地里，见路旁垂杨掩映，修竹萧森，未免在彼歇凉片时。撞着八个大汉，担着一对酒桶，也来堤上歇凉靠歇了。马县尉问那汉：“你酒是卖的？”那汉道：“我酒味清香滑辣，最能解暑荐凉。官人试置些饮？”马县尉口内饥渴痪困，买了两瓶，令一行人都吃些个。未吃酒时，万事俱休；才吃酒时，便觉眼花头晕，看见天在下，地在上，都麻倒了，不知人事。笼内金珠、宝贝、段匹等物，尽被那八个大汉劫去了，只把一对酒桶撇下了。

与《水浒传》不同，此处运送宝物的不是杨志，而是一个叫马安国的县尉，而劫取宝物的八个大汉，跟《水浒传》也有较大差异。《大宋宣和遗事》有言：“为头的是郓城县石碣村住，姓晁名盖，人号唤他做‘铁天王’，带领得吴加亮、刘唐、秦明、阮进、阮通、阮小七、燕青等。”

此处出场的八位好汉，与《水浒传》中重合者，只有晁盖、刘唐和

阮小七，吴加亮、阮进、阮通应该是吴用、阮小二、阮小五的原型。至于秦明和燕青，在《水浒传》中与“智取生辰纲”毫无关联，尤其是燕青，出场时间很晚。《水浒传》中参与智取生辰纲的公孙胜和白胜，在这个原始版本里没有出现，应该是施耐庵在创作小说时添加的角色。

《大宋宣和遗事》随后便“安排”晁盖等人与李进义等已经落草的好汉会合：“且说那晁盖八个，劫了蔡太师生日礼物，不是寻常小可公事，不免邀约杨志等十二人，共有二十个，结为兄弟，前往太行山梁山泺去落草为寇。”

在《大宋宣和遗事》的世界观中，梁山不在山东，而在山西太行山，当时梁山泊的“泊”还写作“泺”，虽然两字同义，但到了施耐庵那里，便都称为“泊”。此一细节变化，也说明不同时期和地域的人，对待同样的事物，未必会采取同样的写法。不论如何，至此，梁山故事也就有了雏形，李进义和晁盖，成了两股落草势力的头领。在《水浒传》中，卢俊义和晁盖也是核心头领，大概也与这个蓝本的“人物设定”有关。

接下来，便是第三部分的故事：宋江杀惜。《大宋宣和遗事》的情节还是非常简单：“一日，思念宋押司相救恩义，密地使刘唐将带钗一对，去酬谢宋江。宋江接了金钗，不合把与那娼妓阎婆惜收了。争奈机事不密，被阎婆惜知得来历……宋江回家，医治公亲病可了，再往郓城县公参勾当。却见故人阎婆惜又与吴伟打暖，更不采着。宋江一见了吴伟两个，正在偎倚，便一条忿气，怒发冲冠，将起一柄刀，把阎婆惜、吴伟两个杀了。”

在《水浒传》中，宋江怒杀阎婆惜，主要原因是阎婆惜发现了宋江与梁山联系的“内幕”，她发现了密信，还拿着招文袋要挟宋江。次要原因是阎婆惜与张文远有私情。《大宋宣和遗事》的情节与《水浒传》

差不多，但张文远其人，在书中名为吴伟。值得一提的是，《大宋宣和遗事》里已经出现了九天玄女，就在宋江躲避官府搜查时："是时郓城县官司得知，帖巡检王成领大兵弓手，前去宋公庄上捉宋江。争奈宋江已走在屋后九天玄女庙里躲了……宋江见官兵已退，走出庙来，拜谢玄女娘娘；则见香案上一声响喨，打一看时，有一卷文书在上。宋江才展开看了，认得是个天书；又写着三十六个姓名，又题着四句道，诗曰：'破国因山木，兵刀用水工；一朝充将领，海内耸威风。'宋江读了，口中不说，心下思量：这四句分明是说了我里姓名……"

《水浒传》里的九天玄女，是给宋江带来"天启"的神祇，也是推动情节发展的重要角色。施耐庵是一个相当尊重史实和前人"设置"的作家，他在九天玄女的情节上，虽然有不少改造和丰富，但还是保留了相关内容。《大宋宣和遗事》的情节设置更加"直接"，宋江在躲避官府搜查时，就被九天玄女赠了天书，上面清清楚楚地写了梁山三十六名好汉的名号，它也是《水浒传》中"三十六天罡"的人物原型：

玉麒麟李进义，青面兽杨志，混江龙李海，九纹龙史进，入云龙公孙胜，浪里百跳张顺，霹雳火秦明，活阎罗阮小七，立地太岁阮小五，短命二郎阮进，大刀关必胜，豹子头林冲，黑旋风李逵，小旋风柴进，金枪手徐宁，扑天雕李应，赤发鬼刘唐，一撞直董平，插翅虎雷横，美髯公朱同，神行太保戴宗，赛关索王雄，病尉迟孙立，小李广花荣，没羽箭张青，没遮拦穆横，浪子燕青，花和尚鲁智深，行者武松，铁鞭呼延绰，急先锋索超，命三郎石秀，火舡工张岑，摸着云杜千，铁天王晁盖。

大体一看，这些好汉的绰号、名字和排名，与《水浒传》中的几乎

一样，但细看之后，会发现有诸多有趣的差异。首先，宋江作为梁山头领，不在这三十六人之内。再者，晁盖在三十六人之内，却排名垫底。另外，杨志、史进、张顺等人的排名，相比《水浒传》过于靠前了，尤其是杨志，排名第二，仅次于李进义。考虑到在前文中，杨志就是故事的主要角色，如此设置也合理，但施耐庵在《水浒传》中，明显对杨志角色的重要性做了“降级处理”。

一些好汉的绰号与名字，与《水浒传》也差异较大，如《水浒传》里的大刀关胜，此处为大刀关必胜。《水浒传》中的双枪将董平，此书作一撞直董平，形容其性格和武器用法，倒也生动。还有赛关索王雄（病关索杨雄）、铁鞭呼延绰（双鞭呼延灼）、火舡工张岑（船火儿张横）、摸着云杜千（摸着天杜迁）等差异，也相当明显。

值得注意的是，在《水浒传》中名次不高、身为地煞星的摸着天杜迁，在《大宋宣和遗事》中已经出场。施耐庵在《水浒传》中将杜迁设置为梁山最早的头领之一，成为见证梁山兴衰的主要成员，或许也是遵照了前人蓝本的“设置”。而且，杜迁的原型就是杜千，与云里金刚宋万这个角色的名字形成对照，但不知何故，施耐庵将杜千的“千”改为“迁”，或许有暗示其命运无法被自己掌控，只能跟着其他人“迁移”和“迁就”的意思。

另外，《水浒传》里的主要角色，如鲁智深、林冲、武松、李逵，在《大宋宣和遗事》里只有个名字，基本上没什么独立的情节，尤其是《水浒传》开篇的鲁智深与林冲的故事，很像在梁山剧情蓝本基础上，额外添加的内容。武松的故事也具有很强的独立性，以至于评论家称之为“武十回”，因其一个人物的故事就占了十个回目，其角色重要性仅次于大主角宋江，这些都是《大宋宣和遗事》里没有提及的内容，属于施耐庵的天才发挥。

在《大宋宣和遗事》中，最后出场的梁山人物是呼延灼、张横和鲁智深。书中有言："是时筵会已散，各人统率强人，略州劫县，放火杀人，攻夺淮阳、京西、河北三路二十四州八十余县；劫掠子女玉帛，掳掠甚众。朝廷命呼延绰为将统兵，投降海贼张横等出师收捕宋江等，屡战屡败；朝廷督责严切。其呼延绰却带领得张横，反叛朝廷，亦来投宋江为寇。"由此可见，呼延绰（呼延灼）是一股独立的军事力量，可以领军打仗，并且曾给宋江一伙制造过一些麻烦。《水浒传》相关章节比较复杂，让宋江与呼延灼统率的朝廷军斗了几次，大概也跟蓝本的这个"情节设定"有关。

在《水浒传》中出场很早的鲁智深，在《大宋宣和遗事》里是最后一个出场的梁山好汉，而且就简单写了一句话："那时有僧人鲁智深反叛，亦来投奔宋江。"可见故事蓝本与成书的《水浒传》，还是有很大差异的，施耐庵的文学创造力不容小觑，最精彩的内容反而都是超越蓝本的，极具想象力和设置情节的能力。

《大宋宣和遗事》对宋江等人的结局，介绍得也相当简单，就是被张叔夜招安后，成为朝廷的军队，后来宋江征讨方腊有功，被封为节度使，算是一个美好的结局："宋江统率三十六将，往朝东岳，赛取金炉心愿。朝廷无其奈何，只得出榜招谕宋江等。有那元帅姓张名叔夜的，是世代将门之子，前来招诱宋江和那三十六人归顺宋朝，各受武功大诰敕，分注诸路巡检使去也。因此三路之寇，悉得平定。后遣宋江收方腊有功，封节度使。"也正因此，《大宋宣和遗事》完全没有《水浒传》的悲剧色彩和深刻洞见，只是一部常见的论述"忠君报国"的封建文人作品。

回顾《大宋宣和遗事》，可以看到这本小说里的梁山人物，虽然形象不丰满，情节很简单，但《水浒传》的故事轮廓已经有了。这些人物

国家典籍博物馆收藏的清刻本《水浒传》

与故事在南宋和元代流传很广，到了元末明初时，施耐庵由此有了创作《水浒传》的蓝本。

尤其值得一提的是，宋末元初的画家龚开，曾写过一篇《宋江三十六赞》，加上一篇序言，统称为《宋江三十六赞并序》。后世在流传时，多讹误为《宋江三十六人赞并序》，实际上并无“人”字，但这篇文章里确实清晰地记录了宋江和三十六名梁山好汉的名号。宋末元初的文人周密，在记录宋元故事的笔记《癸辛杂识》中，收录了这篇《宋江三十六赞并序》，这也成为后世了解《水浒传》成书过程的重要材料。

《宋江三十六赞并序》内容不多，却简明扼要，其记录的梁山好汉名字与绰号，与《大宋宣和遗事》不同，也与《水浒传》有一定差异：

呼保义宋江，智多星吴学究，玉麒麟卢俊义，大刀关胜，活阎罗阮小七，尺八腿刘唐，没羽箭张清，浪子燕青，病尉迟孙立，浪里白跳张

顺，船火儿张横，短命二郎阮小二，花和尚鲁智深，行者武松，铁鞭呼延灼，混江龙李俊，九文龙史进，小李广花荣，霹雳火秦明，黑旋风李逵，小旋风柴进，插翅虎雷横，神行太保戴宗，急先锋索超，立地太岁阮小五，青面兽杨志，赛关索杨雄，双枪将董平，两头蛇解珍，美髯公朱仝，没遮拦穆横，拼命三郎石秀，双尾蝎解宝，铁天王晁盖，金枪班徐宁，扑天雕李应。

宋江进入了三十六人名单，不出意外地排名第一。晁盖也在，但排名依然靠后，由此可以看出在《大宋宣和遗事》和《宋江三十六赞并序》里，晁盖的地位都不高，但《水浒传》里的晁盖可是梁山第二代总头领。正如前文所述，施耐庵是个非常尊重史实与前人“设定”的作家，他虽然提高了晁盖的情节比重和梁山地位，却还是让他在大排名之前“中箭曾头市”，并由此退场，或许其中的原因，就与故事蓝本中晁盖排名不高有关。

吊诡的是，这份名单里竟然没有林冲、公孙胜和杜迁，而是比《大宋宣和遗事》里多了解珍、解宝，但两人的排名并不靠在一起。一直以来，很多读者都质疑解珍、解宝兄弟两个战斗力不强、资历不深的猎户“混入”天罡星的合理性，并为武功高强的孙立屈居地煞而鸣不平。他们三人同属于“登州系”，孙立的实力和资历都在解珍、解宝之上。从剧情设置的角度看，施耐庵故意“抬高”解珍、解宝而“打压”孙立，或许是因为要搞所谓的“派系平衡”，不想让孙立带领“登州系”坐大，并且孙立有出卖师兄栾廷玉的“嫌疑”，不够忠义，故而只能名列地煞。但从故事蓝本来看，解珍、解宝的角色重要性并不弱，在《宋江三十六赞并序》里也有名有号。因此，施耐庵在小说里“重视”解珍、解宝，并非胡编乱造，也是有据可循的。

此外，名单中的名字和绰号，与《水浒传》里也有一些不同，如智多星吴学究（智多星吴用）、尺八腿刘唐（赤发鬼刘唐）、铁鞭呼延灼（双鞭呼延灼）、金枪班徐宁（金枪手徐宁）等。

真实历史上的“梁山好汉”

如果说名著的蓝本是平庸的话本小说，那么话本小说的“底本”就是真实的历史。大多数梁山好汉都是文学虚构的产物，但其中确实有几位是在历史上真实出现过的，或者有历史原型可以参照。

宋江自不必说，他发动的起义与方腊齐名，虽然没给宋徽宗造成致命打击，但也在一定程度上动摇了其统治，让当时的人们看到了皇帝的昏庸与腐朽。《宋史》作为二十四史里的宋朝正史，对宋江有明确记载——在宋徽宗宣和三年，“淮南盗宋江等犯淮阳军，遣将讨捕，又犯京东（今山东），江北，入楚海州界，命知州张叔夜招降之”。

杨志在历史上也确有其人，这或许也是《大宋宣和遗事》将其设为梁山故事开篇主要角色的原因。南宋史学家徐梦莘在《三朝北盟会编》里记录了一个叫杨志的军官，他早年是宋江的部下，后来跟着宋江投降朝廷，被派到与金人作战的前线，跟着种师中征讨金朝，却在中途逃走，最后下落不明：“翼日，贼遣重兵迎战，招安巨寇杨志为选锋，首不战，由闲道径归。”

《三朝北盟会编》记录的是宋徽宗、宋钦宗、宋高宗三朝的历史，包罗万象，信息量很大，史料真实性还是比较可靠的。但其中关于杨志的记录语焉不详，没留下更多信息。此书还记录了一个叫刘忠的宋朝军官的故事：“刘忠初聚兵于京东，号花面兽，其众皆戴白毡笠，又号白毡伴。”这似乎是《水浒传》里杨志形象的另一个原型，尤其是刘忠的绰号“花面兽”与杨志的绰号“青面兽”很像，其打扮也类似。

如果说种师中帐下的杨志，以及刘忠，共同构成了小说里杨志的人物原型，那么我们也可以按照这个思路，去寻找其他梁山好汉在历史上的蛛丝马迹。大刀关胜在《水浒传》中虽然故事不如林冲、武松等人丰富，但他在历史上是真实存在的，同为梁山五虎将的林冲、秦明、呼延灼和董平，在历史上则不可考，应该是虚构人物。《金史》记录了一个在靖康之变后与金军英勇作战的关胜的故事："有关胜者，济南骁将也，屡出城拒战，豫遂杀关胜出降。"史书上的寥寥几笔，就是一个好汉的一生：关胜虽然勇猛，在济南城多次挡住了金军的步伐，却被伪齐政权的刘豫杀害。不过，史书上的关胜，似乎与宋江没什么关系，或许因其忠义勇武的表现，被民间视为好汉，后来也成为施耐庵笔下战斗力最强的梁山好汉之一（仅次于卢俊义）。

在《水浒传》中位列地煞星、戏份不多、战力一般的天目将彭玘，却在《宋史》中确有其人。他也不是宋江的部下，而是跟着朝廷一起与金军作战的将军，一度表现英勇，但最后还是被金军擒获，被迫投降。此后，他便在史书上消失了："绍兴元年春，金重兵犯河南，时兴军乏粮，就食诸道，仅存亲兵自卫，人情震恐。兴授将彭玘方略，设伏于井首，俟敌至阳遁，金众果追玘，伏发，金帅就擒。"这段关于彭玘的历史，与《水浒传》中的设定也有点像，都是出自朝廷，后来与敌军作战不利，不得不投降，此后表现平平，不再被人关注。

《三朝北盟会编》里还提到了一个叫解宝的人："诏平济州山口贼解宝、王大力、李显等，所向剿除。"但是，此处的解宝，是否真的是《水浒传》里那个猎户出身的解宝的原型，就不可知了，毕竟小说与历史上的人物重名是很常见的现象。我们只能说，《大宋宣和遗事》和《水浒传》的作者可能参考了史书记载和民间流传的一些抗金英雄的故事，但除了宋江和杨志两人的历史记载与文学形象具有较高的一致性

外，其他人物的历史与小说的关联性，并不算很强。换言之，史实为作家“制造”梁山好汉的故事提供的材料并不算多，宏大而深刻的水浒故事，在很大程度上还要归功于施耐庵的天才创造。

清朝文人的两种现实书写:《聊斋志异》VS《阅微草堂笔记》

蒲松龄的《聊斋志异》与纪晓岚的《阅微草堂笔记》都是清朝著名的短篇小说集，它们都以记录稀奇见闻、文字想象力丰富而见长，不仅在于猎奇，更在于通过书写奇闻异事来呈现社会现实，讽刺丑恶现象，寄托文人情怀。两人书写现实的笔法有异曲同工之处，也有不少差异，这与其各自的身份、经历、思维方式都有关。

蒲松龄与纪晓岚两人构成了某种意义上的“镜像”，蒲松龄一生没考上进士，没当上官，创作《聊斋志异》纯粹是小说家言，是民间叙事。相比之下，纪晓岚的学习、工作就顺利多了，虽然有过被贬官去新疆的挫折，但多数时间还是顺遂的，晚年又受到乾隆的恩宠，主持编撰《四库全书》，最后更是做到了礼部尚书的职位。

纪晓岚撰写《阅微草堂笔记》虽然是个人创作行为，但其官方身份决定了这部书在流传上更加容易，也更容易得到赞许。反观蒲松龄，多数时间是郁郁不得志的，直到去世，他的《聊斋志异》都不为人所知，在他死后半个世纪，才由其子孙将书传播出去。两人都很有才华与志向，为何会有如此不同的命运呢？

蒲松龄虽清高，却很想有世俗上的成功

蒲松龄《聊斋志异》的文学经典性是毋庸置疑的，但在蒲松龄生前，他并未因小说创作而获得多少世俗上的成功。科举考试屡次失败，蒲松龄的内心纠结而挣扎。一面是后世的赞誉，另一面是生前的落寞，强烈的对比使蒲松龄的人生显得颇有戏剧性。

蒲松龄的祖辈虽然重视读书，但从明朝以来，蒲家在科举上成绩欠佳，只有蒲松龄的叔祖蒲生汶（也就是蒲松龄爷爷蒲生讷的兄弟），在明朝万历二十年（公元1592年）中过进士，后来官拜玉田知县。蒲松龄的父亲蒲槃早年也努力求过功名，但在科举路上一直不顺，后来为了生存，只能弃学从商，靠做生意给蒲家积累了一些财富。

蒲松龄生在这样一个并非治学世家却又有强烈科举追求的家庭，从小就受到两种看似矛盾的观念的影响。一种是像历史上那些名臣良将一样，靠读书考试一鸣惊人，考上进士，甚至成为状元，成为天子门生，然后用一腔才华来治理天下。另一种则是更加委曲求全的人生路径，放弃科举之路，也不想着成为达官显贵，靠种地或做生意糊口度日。前者是一种理想化的人生，而后者则更加现实，很多读书人不想选择后者的道路，却最终无从选择。

蒲松龄内心有十分清高的一面，却也很渴望获得世俗层面上的成功。这种情绪，在其创作里也不时流露。在《聊斋俚曲集》里，有一篇《富贵神仙》，开篇就说："区区小愿欲求天，近绕村居百顷田，膝下儿孙多似玉，堂中妻妾美如仙，朝朝饮酒暮烹鲜，耳目聪明牙齿坚，皓齿清歌细腰舞，糊突混过百余年。"又有言："每日奔波条处里撞，一举成名四海传。歌儿舞女美似玉，金银财宝积如山；一捧儿孙皆富贵，美妾成群妻又贤；万顷田园无薄土，千层楼阁接青天；大小浑身锦绣裹，车

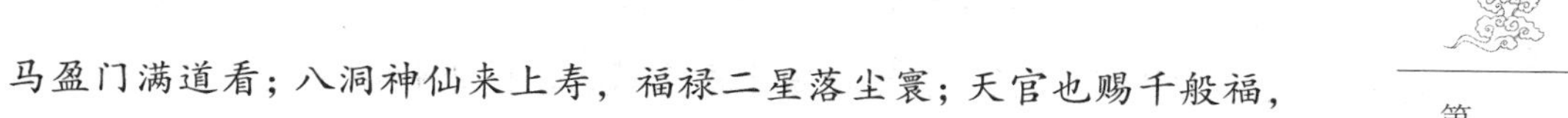
马盈门满道看；八洞神仙来上寿，福禄二星落尘寰；天官也赐千般福，人世永成百岁欢。”这些何尝不是蒲松龄自己的心愿？他将很多美好的期待置入聊斋故事，与当时绝大多数寒门书生一样，他或许幻想过登堂入室、“修齐治平”的前程，但随着年岁渐长，俗务缠身，少年时代的意气风发越来越少，他也终究不能免俗，还是希望能取得世俗意义上的成功和幸福：封官晋爵，金玉满堂，儿孙绕膝……

渴望世俗成功与精神品质高洁，并不一定是矛盾的，在蒲松龄身上，这点尤为明显。一方面，蒲松龄痛斥科举文化，鞭挞官场腐败；另一方面，他又渴望得到科举体制的认可，不断地去考科举，直到晚年还是没取得进士功名，于是他又把希望放在儿子身上，如同曾经蒲松龄的父亲蒲槃因为自己没取得读书功名，就把希望放在蒲松龄身上一样……一代代读书人就在科举路上不断挣扎与蹉跎，但只有极少数人能够考中进士，飞黄腾达。那些成功者，不仅需要实力，还需要足够的运气，或者说，需要与科举应试体制有很高的契合度。

蒲松龄是一个很有才华却与科举体制格格不入的读书人。从多种史料来看，蒲松龄在科举路上的起点其实是非常高的：他不到20岁，就连续取得县、府、道的三次考试的第一名，名噪一时，连顺治六年（公元1649年）己丑科的进士、官至山东学政的施闰章都大力赞赏他。这些都明确记载于《淄川县志》中。正是因为年纪轻轻蒲松龄就已经在老家大有名气了，很多人都对他的前程大有期待，连他自己也不免沾沾自喜起来。但在取得秀才身份后，蒲松龄却在科举路上连连受挫，始终考不上进士。

科举体制对读书人层层筛选，对于普通出身的人来说，一般情况下只有考中进士才能当官，像蒲松龄这种考到秀才就迟迟上不去的人，要么选择放弃科举，在家务农，或像蒲槃那样做点生意，养家糊口，要么

就只能另辟蹊径，去官员家里做个幕僚，或干脆在乡里教书，勉强度日。蒲松龄考了多次，但总是出于一些莫名其妙的原因落榜，甚至有一次，他在答卷结束后才发现，竟然空掉了一页，让答卷呈现尴尬的空白。犯了如此低级的错误，当然不可能金榜题名。

蒲松龄的科举应试状态时好时坏，而随着年岁的增长，其心态也越发糟糕了。而立之年后，蒲松龄便不能一味备考了，只好远离家乡，去一个名叫孙蕙的同乡那里做幕僚。孙蕙比蒲松龄的科举之路要顺畅多了，他在顺治十八年（公元1661年）中了进士，被朝廷授命为宝应县知县。宝应县位于今天的江苏扬州，蒲松龄要从山东淄博过去，一路上舟车劳顿，十分辛苦，且不得不远离亲友，但为了能谋求事业上的发展，他也只能顶着压力前行。这一年，蒲松龄31岁，对于古人来说，他已不再年轻。蒲松龄和历史上无数落榜读书人一样，因为无法跨越科举龙门，从中年开始，就长期笼罩在郁郁不得志的情绪里。如果能想得开还好，但多数读书人“学而优则仕”与“学成文武艺，货与帝王家”的思想还是很重的，蒲松龄也不例外，渴望科举成功、进入官僚体制的心愿始终没有磨灭。这难免会导致其心中的纠结与苦闷，随着阅历的增长，蒲松龄从自身蹉跎命运出发，对社会上很多壮志难酬的读书人有了很多同理心，对那些在底层挣扎的穷苦百姓有了更多同情心，而对那些腐败堕落、鱼肉百姓的官员，则更加憎恨。蒲松龄逐渐将见闻内化于心中，加上丰富的想象与强烈的情感，便开始了《聊斋志异》的创作。

从而立之年到不惑之年，蒲松龄利用工作之余的闲暇时间，写下了大量出色的短篇小说。在这些故事里，蒲松龄的身影随处可见，哪怕是那些荒诞不经的故事，也有着现实的底色，或批判，或慨叹。蒲松龄或许并不适合科举应试体制，他的思维方式就是发散式的，充满奇诡的想象与细致的观察，只是不适合那种动辄用宏大修辞、时常歌功颂德的写

作思维罢了。

不论是出于公义，还是出于自身的境遇，蒲松龄对清朝官场的讽刺是极其辛辣的，是不留情面的。在《聊斋志异》里，有个故事叫《梦狼》：一个叫白甲的贪官，做了很多坏事，他的父亲做噩梦后，派人劝告他不要再为非作歹，但白甲不听，最后被人杀掉。后来，有官员把他救活，却把他的脑袋安反了，从此白甲只能看到自己的后背了。蒲松龄由此慨叹道："窃叹天下之官虎而吏狼者，比比也。即官不为虎，而吏且将为狼，况有猛于虎者耶！夫人患不能自顾其后耳；苏而使之自顾，鬼神之教微矣哉！"在清朝官场现实中，是"苛政猛于虎"，而大多数官员并未遭到恶报，蒲松龄只得假托鬼神之事，以小说家的笔法，狠狠地惩罚这些恶人。这是一种基于现实又超越现实的想象，而在《贾奉雉》之类的名篇里，蒲松龄甚至对读书人也没少吐槽和讽刺，当然，也有不少"理解之同情"。耐人寻味的是，即便是那些居庙堂之高的官老爷们，只要是读书人出身，再有一些知识分子的情怀与操守，就很难不喜欢聊斋故事。或许，在很多"学而优则仕"的人心中，还有那么一些闲情雅趣，有一点超脱世俗的精神追求，更何况《聊斋志异》叙事简洁、言语辛辣、思想犀利，给人带来阅读快感。那些通过科举而走上人生成功之路的达官显贵们，或许在内心深处，也隐藏着一个"蒲松龄"，但对真正活在清贫与落寞之中的蒲松龄来说，"老爷们"的成功人生，却是他一辈子都没能体验过的。蒲松龄通过文学创作，为其身后赢得了巨大的声誉，但在其生前，却从中获益很少。穷苦了一辈子，直到晚年，蒲松龄的生活条件才渐渐好转。即便如此，蒲松龄的生活依旧不算富裕，在他临终之时，也没能给子孙留下多少物质财富。

回看《聊斋志异》，其实在开篇的自志里，蒲松龄就清楚地描述了内心的郁结，毫不避讳自己内心深处的落寞，以及渴望得到世人认可的

强烈愿望："披萝带荔，三闾氏感而为骚；牛鬼蛇神，长爪郎吟而成癖。自鸣天籁，不择好音，有由然矣。松落落秋萤之火，魑魅争光；逐逐野马之尘，罔两见笑。才非干宝，雅爱搜神；情类黄州，喜人谈鬼。闻则命笔，遂以成编。久之，四方同人，又以邮筒相寄，因而物以好聚，所积益夥。"在蒲松龄心中，他知道自己是有才华的，甚至有超凡脱俗、睥睨众生的一面。但凡在文学创作上有很强表达欲望的人，大多在才华上是有自信的，否则他也没法妙笔生花。更何况，蒲松龄早年天才般的"三连试"成功，让他始终相信自己是有天赋的，是有潜力的。但是，现实的失败又不断打击着他，家人与师友的期待又让他深感焦虑，巨大的落差感与求索不能的压抑感，令他内心深处无法释然，也让他无从挣脱。

其实，以蒲松龄在《聊斋志异》中展现的创作思维来看，他的行文方式是天马行空的，是不受陈旧观念束缚的，甚至是离经叛道的。这种思维决定了他很难在科举体制里获得成功。蒲松龄对于科举体制与官僚体制的厌恶，是从他的亲身经历和观察而来的，那些为了金榜题名而皓首穷经的读书人，那些为了满足私利而滥用权力、欺压百姓的贪官恶霸……一个个鲜活的案例都让他灵感迸发。但他毕竟是个活在皇权专制时代的文人，他并没有推翻陈腐体制的想法，不是真的"反体制"，而是希望通过摒弃体制里丑陋的、病态的东西，获得体制里美好的、健康的力量的支持。显然，蒲松龄的想法过于浪漫了，在皇权专制制度达到顶峰的清朝，朝廷对读书人的驯化与掌控水平也达到了巅峰。蒲松龄看不透这些，他很纠结，也很困惑，只能在文学中找点安慰。而在现实中，蒲松龄并没有多少成功者的"高光时刻"。试想，即便蒲松龄幸运地考取进士，以他的政治品性和洒脱性格，其实也很难在官场上一帆风顺。到那时，蒲松龄或许会像历史上很多文人那样，莫名其妙地卷入政

蒲松龄像

治斗争之中，成为政争的牺牲品，或者处处受限，难以施展抱负，只能郁郁而终。当然，还有一种可能，就是反向的“大彻大悟”，从此与官场同流合污，与世沉浮，成为清朝官僚体制下又一个“黑化”的读书人。

不论以上哪种命运，似乎都不太好。蒲松龄没有进入官场，对他来说，其实未必是件坏事。能够遵循本心，顺从兴趣，踏踏实实地过一生，其实已经很难得了。更何况，蒲松龄还有贤惠的夫人和孝顺的孩子，家庭虽不富裕，却也无太多烦恼，更无大风大浪。拥有这样看似平平淡淡的人生，何尝不也是一种成功呢？

纪晓岚看似功成名就，其实也有很多苦衷

纪晓岚《阅微草堂笔记》里的故事大多荒诞，但细究起来，我们会

发现有些内容并非仅仅是猎奇，尤其是其中那些声称亲历或者听身边人讲述的故事，有不少能让人脊背发凉。

从纪晓岚的从政轨迹上看，从乾隆三十三年（公元 1768 年）十月到乾隆三十六年（公元 1771 年）六月，他因罪谪戍新疆两年半，虽然时间不算长，却算得上是他一生中最落魄的时期。虽然当时纪晓岚看似没有优渥的生活条件，前途也十分渺茫，却并没有落魄到底，他还是有官员身份的，而且很快就随着乾隆的“开恩”而回到京城。纪晓岚对待这段新疆生活的态度，后人难以获知，但从《阅微草堂笔记》的“新疆叙事”中能窥见一些痕迹。比如《滦阳消夏录》里的这个故事：“方桂，乌鲁木齐流人子也，言尝牧马山中，一马忽逸去，蹑踪往觅，隔岭闻嘶声甚厉。寻声至一幽谷，见数物，似人似兽，周身鳞癥如古松，发蓬蓬如羽葆，目睛突出，色纯白，如嵌二鸡卵，共按马生啮其肉。牧人多携铳自防，桂故顽劣，因升树放铳，物悉入深林去。马已半躯被啖矣。后不再见，迄不知为何物也。”这个故事看似没什么戏剧性，毫无加工的色彩，很有自然主义的叙事风格。不难想象，新疆奇异的山水风景给了纪晓岚更多的遐思空间，文人总是容易对奇妙的景象产生额外的联想，有些不着边际，有些则是有伦理观念的代入感，纪晓岚也不例外，尤其是落魄之时，对外界的刺激会更加敏感。

虽然《阅微草堂笔记》在记录中原地区奇诡故事的时候，时常带入道德说教的意味，但也偶有纯粹的猎奇心态，而且也不是每个故事都能被解读出什么复杂的内涵，不少内容就寥寥几笔，颇有碎片化记录见闻的意味。但这些“新疆叙事”的说教意味更淡，猎奇意味更浓，类似的记载还有不少。比如这篇，就很有考古悬疑片的意味：“喀什噶尔山洞中，石壁劖平处，有人马像，回人相传，云是汉时画也，颇知护惜，故岁久尚可辨，汉画如武梁祠堂之类，仅见刻本，真迹则莫古于斯矣。后戍卒燃火御寒，为烟气所薰，遂模糊都尽。惜初出师时，无画手盞笔，摹留一纸者也。”

在中国古代社会，奇异现象往往被寄托某种社会伦理的观念。比如，看到风雨雷电，上古时期的人类会认为这是上天的警示，而各种灾厄也与统治者身份、行为的合法性息息相关。但随着古人对自然现象认知的进步，到了清代之后，人们对很多自然现象也不再畏惧，除非是那些超越日常认知的现象，才会让人引起额外的联想，比如见到骇人的怪兽、奇怪的古迹等。

有关新疆的奇闻，在《滦阳消夏录》里记录较多，比如这篇也十分诡异：“乌鲁木齐深山中牧马者，恒见小人高尺许，男女老幼一一皆备……不知其名，以形似小儿，而喜戴红柳，因呼曰红柳娃。邱县丞天锦，因巡视牧厂，曾得其一，腊以归。细视其须眉毛发，与人无二，知《山海经》所谓竫人，凿然有之。有极小必有极大，《列子》所谓龙伯之国，亦凿然有之。”这段记载真实感很强，不像虚构的故事，而有关“新疆红柳娃”的传说和记载，并非只出现在纪晓岚的笔下。但这种怪异的生物是否真的存在、具体特征如何，没有人能说得清楚，而纪晓岚把它和《山海经》里的记载联系在一起，或许是脑洞过大了，但在当时的知识背景下，也很难提出什么新见解来，有这番联想，反而显示出纪晓岚的博学。

还有一些故事，虽有猎奇的意味，却让纪晓岚写出了相关的“道理”，虽然有些逻辑上的牵强，但也不能说毫无意义。比如这篇：“乌鲁木齐多狭斜，小楼深巷，方响时闻，自谯鼓初鸣，至寺钟欲动，灯火恒荧荧也。冶荡者惟所欲为，官弗禁，亦弗能禁。有宁夏布商何某，年少美风姿，资累千金，亦不甚吝，而不喜为北里游，惟畜牝豕十余，饲极肥，濯极洁，日闭门而沓淫之，豕亦相摩相倚，如昵其雄。仆隶恒窃窥

之，何弗觉也……”特殊的癖好在古代被人发现，尤其是所谓的“体面人”有这般癖好被人发现，就如同被人发现做了伤天害理之事一般。这个故事写得很有现场感，纪晓岚似乎怕别人不信，还借人之口说“非我亲鞫是狱，虽司马温公以告我，我弗信也”。这个商人何某最后“愧而投井死”，这或许符合当时的伦理观念，但仍让人惊愕，而且看不到旁观者对此事的同情态度，而是一番戏谑的态度。纪晓岚还借此写了一篇杂事，并扯出一番“情与理”的道理来。相比因被发现特殊癖好而自杀的悲剧，旁观者的冷漠与戏谑更让人惊愕，民间某些观念之残忍麻木，由此可见一斑。《阅微草堂笔记》里记录了不少类似内容，纪晓岚的态度似乎只是冷静叙事，或者不痛不痒地插科打诨，并没有像《聊斋志异》里那些真正的讽刺与批判意味，这恐怕也是《阅微草堂笔记》更有文人笔记风格而无法被列入真正的“民间叙事”的原因。当然，我们也不能苛责纪晓岚的这种理念，考虑到其身份和所处环境，无法真正脱离正统叙事或官方叙事的影子，或许对他而言，《四库全书》更是奠定自己在学问上地位的著作，而《阅微草堂笔记》里的“轻盈之笔”，不过是体现自己的格外“情趣”罢了。

这种既猎奇又看重人伦的观念，在《阅微草堂笔记》的故事里十分常见。但如果说纪晓岚就是个刻板的陈旧观念的卫道士，似乎也并不合适，因为我们也能从不少故事里看到他独特思考乃至有些离经叛道的一面。比如这篇，在《阅微草堂笔记》里也是个经典故事：

东光王莽河，即胡苏河也，旱则涸，水则涨，每病涉焉。外舅马公周箓言雍正末，有丐妇一手抱儿，一手扶病姑，涉此水，至中流，姑蹶而仆，妇弃儿于水，努力负姑出，姑大诟曰：“我七十老妪，死何害！张氏数世，待此儿延香火，尔胡弃儿以拯我，斩祖宗之祀者尔也！”妇泣不敢语，长跪而已。越两日，姑竟以哭孙不食死，妇呜咽不成声，痴坐数日亦立槁。

在中国古代，这种救儿子还是救婆婆的两难选择，不只是性命攸关的大事，更是涉及人伦道德的严肃命题。即使在今天，也有不少类似的问题，时常引起民间舆论的“撕扯”。纪晓岚在评论此事时，引用“三代以下无完人”的道理来说事，大概是因为他自己也不认可非黑即白的伦理观念：把身处绝境中的人当成一个理性的复杂体来看待，本身就是荒谬的。

认同伦理主流观念却又不拘泥于刻板说教，这与纪晓岚的个性有关。作为一个学者，其学养才情很少被人质疑，但作为一个文人，其癖好又常被人指摘，甚至被民间编排一些“野史”段子。但纪晓岚对此不以为意，他似乎一直对迂腐的读书人没有好感，时常想办法戳穿文人的各种虚伪与矫情。

纪晓岚还对一些神奇生物很感兴趣，并将之记录在《阅微草堂笔记》里，比如这篇：“海淀人捕得一巨鸟，状类苍鹅，而长喙利吻，目睛突出，眈眈可畏，非鹫非鹳，非鸨非鸧鹚，莫能名之，无敢买者……”除此之外，善恶有报的故事在《阅微草堂笔记》中也有不少，纪晓岚也没少从身边人的悲剧里找案例，似乎教人行善成了文人笔记都会涉及的内容。这篇关于家奴纪昌的故事同样发人深省：

奴子纪昌，本姓魏，用黄犊子故事，从主姓。少喜读书，颇娴文艺，作字亦工楷。最有心计，平生无一事失便宜。晚得奇疾，目不能视，耳不能听，口不能言，四肢不能动，周身并痿痹，不知痛痒，仰置榻上，块然如木石，惟鼻息不绝。知其未死，按时以饮食置口中，尚

能咀咽而已。诊之乃六脉平和，毫无病状，名医亦无所措手，如是数年乃死。老僧果成曰："此病身死而心生，为自古医经所不载，其业报欤？"然此奴亦无大恶，不过务求自利，算无遗策耳。巧者造物之所忌，谅哉！

不过，纪晓岚也没有像有些道学家那样不加质疑地讲述这类故事，有些时候，他还有一点怀疑精神，不是基于什么科学理念的质疑，而是凭借文人对现实世界的灵敏嗅觉来反思。比如这篇关于颜良庙的故事，在《阅微草堂笔记》里也显得很特别：

赵鹿泉前辈言，吕城，吴吕蒙所筑也，夹河两岸，有二土神祠，其一为唐汾阳王郭子仪，已不可解；其一为袁绍部将颜良，更不省其所自来。土人祈祷，颇为灵应，所属境周十五里，不许置一关帝祠，置则为祸。有一县令不信，值颜祠社会，亲往观之，故令伶人演《三国志》杂剧，狂风忽起，卷芦棚苫盖至空中，斗掷而下。伶人有死者，所属十五里内，瘟疫大作，人畜死亡，令亦大病几殆。

关羽"斩颜良、诛文丑"的故事可谓众人皆知，但很少有人从"失败者"颜良的角度来看待此事，似乎颜良就是为了衬托关羽的赫赫武功而存在的。纪晓岚的这段记录，颇有为被历史主流叙述压抑者"翻案"的意味，还说"两军相敌，各为其主，此胜彼败，势不并存，此以公义杀人，非以私恨杀人也"，并不以成败论英雄，而是看到历史人物的争斗多是各为其主。关羽之忠义彪炳史册，但也不是说被他打败的将领就一无是处，站在各自的立场上看，无所谓正义与否，只是胜利者拥有了更多话语权。这种成败观被如此清楚地表达出来，可谓十分难得。

其实，能在官方历史记录里留名的人是非常少的，无数在民间上下沉浮的普通人，以及他们的悲欢离合，很难在史书上留下痕迹。好在，文人笔记和志怪小说填补了一些空白。我们从《阅微草堂笔记》里，能看到不少民间故事，尽管它们是那样怪诞，却有了某种“奇特的真实感”，其背后的民间伦理与审美旨趣可能比某些官方史书的叙述更有价值。

其实，《阅微草堂笔记》与《聊斋志异》是不同向度上的文人书写的，背后都是当时的知识分子面对现实的记录与思考。

旋动的万花筒：清末稀见小说隐藏的复杂世界

被誉为“晚清四大谴责小说”的刘鹗的《老残游记》、李宝嘉的《官场现形记》、吴趼人的《二十年目睹之怪现状》、曾朴的《孽海花》知名度颇高，但它们绝非清末小说的全貌。清末小说的丰富性与复杂性，远远超出很多人的想象。从一些稀见小说里，我们也能看到晚清社会的混乱、动荡与新变。

畅想与写实：民间声音暗潮涌动

学界有关晚清小说的经典论述，如王德威所言“没有晚清，何来五四”“被压抑的现代性”，这种说法是比较抽象的。在小说文本里，它有更加具象的呈现。从现存的清末小说来看，其中确实蕴藏着不少民间知识分子对时事的思考，并通过借古喻今、畅想未来等方式表达愤懑情绪。在不少流行的通俗小说里，晚清社会的诸多民间声音，处于暗潮涌动状态，虽然不敢直接言说清朝即将灭亡，但在小说里，这种声音已经呼之欲出了。

光绪二十八年（公元 1902 年），梁启超发表小说《新中国未来记》，畅想六十年后的中国。在小说里，1962年的中国已经维新成功，在万国博览会上，中国的发展成就万众瞩目。《新中国未来记》发表后，一时震撼文坛，不少作家、学者都跟风创作，通过预测和畅想未来，表达自己的政治观念，寄托国家富强的美好心愿。在这样的背景下，陆士谔在1910年写了一本小说《立宪四十年后之中国》，又名《新中国》，畅想了40年之后的上海——1950年，上海举办万国博览会，也就是今天我们熟知的世博会，繁华的上海都市风景与国家的科技成就都得到展现。陆士谔的畅想，在很长时间里都不被人注意，直到2010年上海世博会时，人们才发现早在一百年前，就有晚清文人成功“预测未来”了。

如果从1840年算起，晚清小说在早期还没有很夸张的想象，也不敢有过激的言论。即便讽刺时事，也只能搞点春秋笔法，或者寄情于艳情小说创作。但到了甲午海战尤其是戊戌变法失败后，清廷在民间的影响力一落千丈，清王朝即将崩溃，就是再愚钝的文人，也不愿意为其无辜殉葬了。在光绪末年和宣统年间，民间各种通俗小说家都各显神通，创作空间空前巨大，对社会各种黑暗现象的批判讽刺，基本上处于随心所欲的状态。其中种种迹象，都是清朝统治走向瓦解的“症候”，社会动荡不安，也让文人深入思考社会问题。有不少作家在发表和出版小说时选择不用真名，或是觉得这种通俗小说“不入流”，或是担心被人打击报复，这就导致一些清末小说的作者没能留下什么生平事迹，而是只留下一个笔名，其他信息都不可考了。

署名“醉月山人”的《三国因》在光绪年间出版时，并未引起文坛的关注，但梳理这段史料时，就会发现这位不知名作家的“脑洞”虽大，却没能跳出古代小说常见的因果报应的思维。在《三国因》的“时间线”上，韩信、彭越、英布转世为曹操、刘备、孙权，而秦汉之际的

人物，也纷纷转世为汉末三国人物，如秦始皇转世为董卓，吕不韦转世为吕布，嫪毐转世为王允……他们带着曾经的爱恨情仇，进入新一轮的斗争中，堪称历史人物“大乱斗”。虽是写古人故事，但批判的却是当时社会的种种丑恶现象，算是借古讽今之作。

还有作家通过孩子的视角，来书写晚清社会的种种不堪，比如在宣统年间，创刊不久的《小说月报》，刊登了一篇署名“亚东一郎”的小说《小学生旅行》。可惜，与醉月山人一样，我们也无从知晓亚东一郎到底是谁。这部作品的写法很有趣，有点像《堂吉诃德》的构思：苏州有两个小学生，看了法国科幻作家凡尔纳的小说《十五小豪杰》（这部小说在今天译名多为《十五少年漂流记》）之后，产生了远洋探险的想法，便瞒着家里人，一起踏上未知的旅途。但他们并没有真的远航去了海外，而是来到灯红酒绿的大上海。他们还去了天津、北京、武汉、南京等大城市，一路上经历了各种清朝末年的社会乱象。此时距离武昌首义连一年的时间都没有，清朝灭亡前夕的末世景象在书中得到了充分展现。这部小说视野开阔，批判色彩浓厚，但因为属于“旧体小说”，在现代文学兴起后，就不再被人们关注了，最终成为古籍堆里不起眼的一本小册子。

清末文人许指严，以“不才”为笔名，在1911年发表了《醒游地狱记》，与《小学生旅行》同一年刊登在《小说月报》上。《醒游地狱记》里的清末社会，是真正的“人间地狱”，各种惨无人道的、丧失伦常的事情比比皆是。在小说里，一个名叫黄无人的出版社编辑，梦见外国经历浩劫，一片萧条，只有中国繁荣富强。但梦醒之后，他却发现真实的中国残破不堪，便动身周游各地，谋求富强之道。但游历全国多地之后，他却根本找不到出路，现实如同地狱一样黑暗可怕，他只能在绝望中祈求国人觉醒，希望国家强大。然而，这篇小说发表后，在文坛几乎没有影响力，如同石沉大海，因为当时这类作品很多，而更多人对现实已经麻木，只是宣泄和抱怨的文字，不再有感染人心的力量。好在不久之后，辛亥革命摧毁了腐朽的清王朝，中国历史终于掀开了新的一页，新文化运动也即将到来。

许指严还有一部名气稍大的小说《电世界》，当时被冠名“理想小说”，也算是科幻小说，讲述了主人公黄震球开设电厂和学堂来振兴国家的故事。这部作品发表于宣统元年（公元1909年），比《醒游地狱记》早两年，调子也更乐观一些。但短短两年后，许指严就陷入极度悲愤之中了，变得压抑、焦虑且无奈。小说风格细微之处的差异，或许也能折射出当时读书人对时局看法的变化。

“脑洞”大开：四大名著的清末续书

一些晚清作家在创作时，常有“搭便车”的思维，写四大名著的续书，就是常见的操作。前面提到的陆士谔，就写过多本名著的续书。其中“脑洞”之大，在今天看来，也十分有趣。

宣统年间，书市上出现了两本名著的续书：陆士谔的《新三国》和《新水浒》，都是改编名著来批判现实、畅想未来的小说。《新三国》里的三国人物，来到了晚清，纷纷展开变法运动。先是孙权开启变法改革，让周瑜修建铁路、打造海军，还派人出海到西方国家寻求变革之法。与此同时，曹丕也不甘落后，开启曹魏变法，诸葛亮学习西方现代思想，让蜀汉变成君主立宪制国家，开议会、建工厂，刘禅也很配合，成了虚位元首。陆士谔在小说里是支持立宪派的，却没有全盘否认革命党，小说里的邓艾就是革命党人，但起事失败被杀。最后，小说还是顺从了几百年来民间的朴素心理：诸葛亮联手孙权，顺利打出祁山，攻入洛阳，斩杀曹丕，东吴也成为蜀汉的附属国，从此天下安定，重归一

统，中国也由此走向富强。

《新水浒》的故事"脑洞"更大，陆士谔让梁山好汉开启变法之路，宋江让诸位好汉下山结合各自优势，发展现代产业。比如，智多星吴用开设报馆，圣手书生萧让当记者，神算子蒋敬开办银行，金钱豹子汤隆成了铁路公司的经理。后来，甚至武松还举办了运动会："其比赛之次第，一角力，二角艺，三竞走，四竞跳，五游泳。"在最后一回，陆士谔对梁山好汉各自的改革成果进行点评：一丈青扈三娘、玉幡竿孟康、玉麒麟卢俊义是优等。这本小说比其他清末幻想、讽刺作品要好玩得多，十分诙谐幽默，想必陆士谔在写的时候，也是相当放松的，堪称戏谑之笔。甚至本书的结尾也戛然而止，信笔由缰至此，竟然写不下去了："吴用道：'文士笔锋，安可力敌？我们只索避之。此后下山，做起事来，须守定一个秘密主义，秘之又秘，密之又密，使彼无从探听，又何能摇唇弄舌乎。'看官，士谔果被吴用治倒了，他一用秘密主义，我竟一句都写不下去了，只好就此收场。《新水浒》终。"

陆士谔还写过一本《也是西游记》，是更加稀见的作品。小说从火焰山的故事开始，铁扇公主吞下孙悟空后，竟生下一子，牛魔王取名为小行者。这个小行者就是孙悟空的化身，他后来遇到小唐僧、小八戒、小沙僧，穿越时空来到晚清社会，发生了各种令人啼笑皆非的故事。《也是西游记》故事趣味一般，格调也不算高，因此不如《新三国》和《新水浒》知名度高。

值得一提的四大名著续书还有署名"西泠冬青"的《新水浒》，这个笔名的背后，到底是哪位作家，也不可考了，从"西泠"二字来看，有可能是个杭州的旧派文人。这部《新水浒》与陆士谔的同名小说差不多，讲的也是梁山好汉兴办实业、振兴经济的故事。其中比较感动人的是卢俊义的故事，他捐出了自己三分之一的家产，用来兴办产业，成为

一时之英豪。

“脑洞”特别大的清末小说，还有署名“怀仁”的《卢梭魂》。在小说里，法国启蒙思想家的灵魂来到东方，准备与陈胜、黄宗羲一起推翻阴曹地府的腐朽统治，由此引发各种借古喻今、讽刺时事的故事。与之类似的，还有一部署名“女奴”的小说《地下旅行》。看名字，它有点像凡尔纳的科幻小说《地心游记》，但实际上，它有比较强烈的传统志怪风格，作者以第一人称写作，讲述进入地府，看到地下世界与人间一样污秽腐败，甚至还看到了被清廷杀害的秋瑾的灵魂，她蒙受了巨大冤屈，却不被理解。《地下旅行》有浓厚的讽刺意味，在地府的“造心所”，看到了各种丑陋的心，如黑心、贪心、狠心，却没有最需要的“良心”。

还有一部署名“肝若”的科幻小说，名为《飞行之怪物》。当时，飞机刚刚诞生，中国人基本上没见过飞机，更无法想象盘旋在半空中的飞行器了。但这部作品呈现的想象力非常惊人：1999年，一个奇怪的黑色飞行器出现在太平洋上空，在圣诞夜前夕摧毁了纽约等多个城市，引发世人恐慌。就在人们议论纷纷之时，有个鼻烟壶从飞行器里掉出来，有人猜测这个鼻烟壶就来自神秘的东方，是中国人使用的东西。于是，世界各国纷纷向中国皇帝发难，无奈之下，腐朽的统治者只好签下丧权辱国的条约。后面还有英国学者寻访黑色飞行器的故事，但故事越发奇诡，没有逻辑，最后似乎并未完结，就戛然而止了。

在不可计数的古代典籍里，稀见清末小说只是看似不起眼的一小块内容，但在表象之下，却是诸多不为人知的故事，以及人们对社会的清醒认识和对未来的独特想象。

主要参考文献

1. 《史记》，中华书局，1982 年。
2. 《汉书》，中华书局，2007 年。
3. 《后汉书》，中华书局，2007 年。
4. 《三国志》，中华书局，2006 年。
5. 《晋书》，中华书局，1996 年。
6. 《魏书》，中华书局，1997 年。
7. 《梁书》，中华书局，2020 年。
8. 《旧唐书》，中华书局，1975 年。
9. 《新唐书》，中华书局，1975 年。
10. 《旧五代史》，中华书局，2015 年。
11. 《新五代史》，中华书局，2015 年。
12. 《宋史》，中华书局，1985 年。
13. 《元史》，中华书局，2018 年。
14. 《明史》，中华书局，2000 年。
15. 《明史纪事本末》，中华书局，2018 年。
16. 《新元史》，上海古籍出版社，2017 年。
17. 《清史列传》，中华书局，1987 年。

18.《资治通鉴》，中华书局，2009 年。

19.《左传》，上海古籍出版社，2016 年。

20.《诗经》，中华书局，2015 年。

21.《楚辞》，中华书局，2010 年。

22.《吕氏春秋》，中华书局，2022 年。

23.《楚辞章句》，上海古籍出版社，2017 年。

24.《大唐西域记》，中华书局，2011 年。

25.《三国演义》，人民文学出版社，1998 年。

26.《水浒传》，中华书局，2005 年。

27.《封神演义》，中华书局，2009 年。

28.《说唐全传》，岳麓书社，2002 年。

29.《隋唐演义》，中华书局，2009 年。

30.《阅微草堂笔记》，上海古籍出版社，2005 年。

31.《聊斋志异》，中华书局，2015 年。

32.《聊斋俚曲集》，齐鲁书社，2018 年。

33.《太平御览》，中华书局，2000 年。

34.《三朝北盟会编》，上海古籍出版社，2019 年。

35.《世界征服者史》，中国人民大学出版社，2012 年。

36. 常玉芝：《商代宗教祭祀》，中国社会科学出版社，2010 年。

37. 方诗铭、王修龄：《古本竹书纪年辑证》，上海古籍出版社，2005 年。

38. 李零：《兰台万卷：读〈汉书·艺文志〉》，生活·读书·新知三联书店，2011 年。

39. 沈仁国：《元朝进士集证》，中华书局，2016 年。

40. 程毅中：《宣和遗事校注》，中华书局，2022 年。

41. 钱穆：《国史大纲》，商务印书馆，2013 年。

42. 瞿林东：《中国史学史纲》，北京师范大学出版社，2017 年。

43. 汪受宽：《中国少数民族史学史》，华夏出版社，2020 年。

44. 朱一玄、宁稼雨、陈桂声：《中国古代小说总目提要》，人民文学出版社，2005 年。

45. 谭其骧：《中国历史地图集》，中国地图出版社，1982 年。

46. 梁芳仲：《中国历代户口、田地、田赋统计》，中华书局，2008 年。

47. 杜建民：《中国历代帝王世系年表》，齐鲁书社，2003 年。

48. [美] 阿兰·梅吉尔：《历史知识与历史谬误》，北京大学出版社，2019 年。

后 记

中华古籍世界博大精深，在知识与思想的海面上泛舟，随意观赏周围的风景，都能感受到古典文化的非凡魅力。远方的世界神秘莫测，那里有上古圣贤印刻在时光隧道上的文字，也有历代求索者在历尽世事之后的慨叹。品味其中的奥妙，也是阅读古籍的乐趣所在。

本书的创作过程并不容易。查阅古籍、深入研读，都考验着国学的“基本功”，尤其是作为写作者和研究者，面对这一题材时，更需要具备足够的精力与耐心。但是，典籍的背后是无数古人对于人生与世界的思考，非常值得我们用心去了解、品读。它们有些非常朴素、简洁，代表了远古先民对世界的最初认知；也有些十分晦涩、玄奥，读来佶屈聱牙，让古籍的阅读门槛变得很高。当然，也有一些古籍通俗易懂，即便是如今普通的读者，也不会对古白话感到陌生……它们各异的风格，都是典籍世界灿烂文化的有机组成部分。

本书仅仅选取古籍世界中较为经典的内容来品读，并不能算作“通览式”的作品。但典籍背后的故事，往往是有趣的，或者是耐人寻味的。在挖掘、解读的过程中，我们也能学到很多新鲜的知识，了解古人

的生活面貌与认知方式，从而更好地回答“我们从哪里来”这个很有哲学意味的问题。

在此，我要特别感谢著名文史学者解玺璋、张明扬等老师对本书的阅读和推荐。此外，本书中部分内容曾以我的笔名黄西蒙或本名黄帅，发表于我在《北京晚报》的专栏上，感谢编辑白杏珏、张玉瑶等老师的支持。此书能够出版，也得到了中国工人出版社的大力支持，在此一并致谢。

另外，书中图片，除了古画，基本都是我本人拍摄。在“读万卷书”的同时，不忘“行万里路”，通过镜头拍摄历史的风景，也是一件乐事。

囿于作者水平有限，本书内容若有谬误之处，还望读者朋友们多多指正。

黄西蒙

2023 年 10 月